語感靠不住！
從原理掌握
韓語相似字

韓籍專業名師 **魯水晶** ㊟著

U0039554

各界專業推薦

Sunny｜韓國導遊領隊
金善孝｜中國文化大學韓國語文學系教授
阿敏｜超有趣韓文創辦人
陳彥伶｜韓國首爾大學韓語教育碩士、經營 IG 專頁「歐摸！韓文」
崔世勳｜中國文化大學韓國語文學系助理教授
雷吉娜｜超有趣韓文創辦人
楊珮琪（77）｜IG 韓文學習帳號「77 的韓文筆記」創辦人 / 韓文自學書
作者
鍾長志｜中國文化大學韓國語文學系助理教授
（依首字筆畫排序）

水晶老師的這本書真的是實用度一百萬分！！韓文有很多單字翻成中文意
思相同，但是使用時機卻大不同。學習的時候真的很難自行區別，問韓國
朋友有時候他們也很難說出個答案。
現在有了水晶老師這本書，很多疑惑都能得到解答，書裡不僅有很多例句，
還有我最喜歡的練習題，練習題還附上詳解，超級貼心！真的是韓文學習
者必須人人擁有一本～

——阿敏｜超有趣韓文創辦人

魯水晶老師是在台灣的韓國人裡精通中文的人之一，她不僅擁有豐富的語言知識，發音也非常準確，語言表達也很出色。而且她精通台語，所以我相信她比任何人都更了解台灣人的語言生活。我們當然可以信賴這樣的專家所撰寫的詞彙書。這本書將相似的詞彙按其功能進行分類，並涵蓋了韓國的固有語和漢字詞。對於初級、中高級學習者以及實務上使用韓文的人來說，都是很用的表達，書中也用圖片與表格來輔助說明。此外，每單元還為讀者準備練習題，我認為能寫出如此實用的書籍，是非常有趣的挑戰。

——崔世勳｜中國文化大學韓國語文學系助理教授

同為學習韓文的中文母語者，我非常理解大家在學習相似字詞時，總是覺得混亂、傻傻分不清楚的挫敗感，如果您現在學習韓文時也有同樣的感覺，那這本書您絕對必須擁有！

這本由水晶老師精心撰寫的《語感靠不住！從原理掌握韓語相似字》將帶領您一次搞懂 50 組常見相似字詞的差異，詳細的說明、豐富的例句，配上大量的練習題，讓您能更加熟悉每一個相似字詞的用法，同時書中也會針對字詞補充搭配使用的動詞或慣用語，可說是外語學習者的一大福音！

——雷吉娜｜超有趣韓文創辦人

韓語中有許多意義相似的近義詞，這些詞語雖然彼此意義相似，但話者可能會因為對話情境的不同而選擇使用不同的詞彙敘述，不過像我們這樣的韓語外國學習者，因為缺少母語者的語感，則必須透過學習的方式了解母語者遇到不同情境時，是如何選擇、運用這些詞彙的。

我想，我們可以藉由水晶老師的《語感靠不住！從原理掌握韓語相似字》這本書，幫助我們了解韓語母語者遣詞用字背後的思考邏輯，相信這些相似詞彙經由水晶老師有條理的梳理與歸類到不同的詞彙抽屜，可以有效幫助學習者解決詞彙使用上的困惑，並更進一步幫助學習者達到掌握韓語語感的目標。

——楊珮琪（77）｜IG 韓文學習帳號「77 的韓文筆記」創辦人 /
韓文自學書作者

作者序

　　還記得和出版社的大家吃飯、開會討論下一本書的內容時，是在新冠疫情緩和之後。那段時間我們都很辛苦，我也是好不容易才撐了下來，感到身心俱疲，完全不敢去想寫下一本書這件事。不過在出版社的大家鼓勵與支持下，就像是被什麼東西迷惑似的，各種靈感不斷湧現。其中讓在場所有人眼睛都為之一亮的點子正是「統整相似字詞的書」，因此《語感靠不住！從原理掌握韓語相似字》就這樣問世了。

　　平時教書過程中，每當我將分辨相似字詞的方法整理給學生，而學生以低沉的聲音說「哦……原來是這樣！」表現出終於搞懂的樣子時，我就會想著「哦……原來學生很困擾這些」，所以能夠將這些內容依序整理好，以書籍的形式一目了然地帶給大家，我感到非常開心。我自己在學習中文的時候，也被各種相似字詞折磨過，所以我非常了解大家看到相似的單字時，會稍微冒出的反抗心態，想著「這到底會用在哪裡啊！」所以我在寫書的過程，可說是絞盡腦汁，邊抓著頭邊思考「該怎麼說明才能讓學生容易理解」，反覆地調整與修改，因此這本書是我至今出版過的著作裡，最讓我勞心勞力的書了。

　　正如各位所見，本書內容並不容易。對初級的學習者來說，就像只是在白紙上印滿黑字的內容，無法吸收。不過走過初級階段，來到中、高級時，一定會遇到的疑問全都在裡面。希望這本書能讓大家過去一知半解、先跳過的內容，重新清楚地搞懂，不用再只能「憑感覺」、「感覺上是這樣」，或者「聽老師的話去感受韓語語感」。由於相似字詞這個主題單靠

中文來理解的話，可能更容易混淆，所以我盡可能地提供了許多例句，請大家藉由這些例句來體會該單字都用在什麼狀況、什麼時機，用這種方法學習就不會忘記。此外，為了讓各位自我檢視是否能活用這些單字，每個單元我都準備了練習題，而且為了將輔助記憶的插圖放入各單元，我花了許多心思，我的想法都體現在插圖上，請大家也要留意圖片。

　　雖然我平常也會去做口譯、翻譯以及主持等工作，但我的本質始終是「韓語老師」，這點從沒變過。我站在學生面前時感到最幸福，站在講台上覺得最自在。不管其他人怎麼說，我認為我不是將自己學過或已經了解的東西教給學生的老師。我為了能成為和學生分享正在學習的事物、指引學生方向的老師，所以每天都在努力，也為此感到感激，「韓語老師」正是我的天職。為了努力成為不愧對於信任並跟隨我的學生的老師，我埋頭苦思並撰寫了這本書，倘若大家的韓語實力能因此提升，我將感到無比高興。

　　最後，我要先感謝總是給予不足的我溫暖的愛與支持的學生，我會不斷努力，讓各位對於自己是魯水晶老師的學生、曾經是魯水晶老師的學生這件事情感到驕傲。也很感謝為這本書付出許多心力的日月文化出版社夥伴。最後，我不知不覺已經來台灣 15 年了，感謝沒忘記我、總是開心歡迎我的韓國親友們，還有想著不能讓住在國外的獨生女擔心，每天認真運動、保持健康的母親，以及總是包容與守護著我的家人。

魯水晶

目次

EZCourse X 魯水晶數位學堂

本書例句線上音標：

使用說明：
① 掃描 QRcode →② 回答問題
→ ③ 完成訂閱 → ④ 聆聽書籍音檔

차이 / 차별

차이

指兩種以上的對象或概念之間的
區別和相異點

차별

指對兩個以上的特定對象劃分階
級或水準,用來表示差別待遇、
不公平待遇、不公等情況

1. 차이

「차이」指的是兩種以上的對象或概念之間的區別和相異點，也可以用「다른 점（不同點）」來表示，用於某些事物之間存在不同特徵或性質的情況。

언니와 나는 나이 차이가 좀 있어요.

姊姊和我的年齡有點差距。

이혼 사유 중 1 위를 차지하는 것은 '성격 차이'이다.

離婚事由中排名第一的是「個性差異」。

서로의 차이를 존중할 줄 아는 문화가 성숙한 문화입니다.

懂得尊重彼此差異的文化才是成熟的文化。

두 제품의 성능 차이가 명확하군요.

兩款產品的性能差異很明顯。

경찰이 현재 조사 중인 두 사건 사이에는 시간적 차이가 있습니다.

警方目前正在調查的兩起案件之間存在著時間差異。

2. 차별

「차별」指的是對兩個以上的特定對象劃分階級或水準，用來表示差別待遇、不公平待遇、不公等情況，此單字通常用來表示社會、種族和性別問題的不合理歧視。

인종 차별은 우리 사회에서 더이상 허용되지 않습니다.

我們的社會不再允許種族歧視。

예전에는 '남녀차별'이 보편적 인식이었으나, 지금은 남녀차별적 사고를 하는 사람을 고리타분한 사람으로 여깁니다.

過去，「性別歧視」是一種普遍的認知，但現在有性別歧視想法的人被認為是迂腐的人。

장애인에 대한 차별은 법적으로 금지되어 있습니다.

法律禁止歧視身心障礙者。

차별과 폭력에 맞서 싸우는 사회 활동가들이 더 큰 목소리를 낼 수 있는 환경이 조성되어야 합니다.

應該營造一個能讓反對歧視和暴力的社運人士更有力地發聲的環境。

練習一下！

請從「차이、차별」中選出正確的內容並寫下。

1. 팀원들의 의견과 간부들의 의견 사이에 상당한 _____ 이 / 가 있어서 조율이 쉽지 않습니다 .

2. 생각 _____ 은 / 는 토론과 회의를 통해 좁히면 됩니다 .

3. 우리 회사는 능력에 따른 _____ 이 / 가 심한 편이에요 .

4. 대부분의 나라는 종교적 _____ 을 / 를 존중합니다 .

5. _____ 대우를 받을 때 무조건 참는 게 아니라 , 어떤 부당함을 느꼈는지 차분하고 조리있게 잘 말해 보세요 .

6. 경제적 _____ 을 / 를 해소하기 위한 여러 정책들이 끊임없이 만들어지고 있습니다 .

7. 아이들마다 생각과 행동에 _____ 을 / 를 보이는 건 당연한 거 예요 . 모든 사람은 다 각자의 개성이 있어요 .

8. 종교적 _____ 과 / 와 신념 , 가치관 등의 _____ 은 / 는 서로 존중해야 합니다 .

9. 인종 _____ 은 / 는 어떤 이유로도 합리화할 수 없어요 .

10. 노수정 선생님은 오늘 강연에서 _____ 과 / 와 다양성을 강조했 습니다 .

1. **차이**
   中譯｜組員和幹部的意見之間存在著極大的差異，不容易協調。
   解說｜這裡指的是意見之間存在著「不同」，所以要用「차이」表示。

2. **차이**
   中譯｜想法差異可以透過討論和開會來縮小差距。
   解說｜每個人的想法可能都不一樣，要將眾人的想法整合為一時，就必須先承認其差異，所以要用「차이」。

3. **차별**
   中譯｜我們公司根據能力不同，待遇差別很大。
   解說｜根據是否符合某項標準而改變對該事或該人的態度，稱為「차별」；公司裡的「能力」指的就是量化的績效，根據績效提供不同待遇並不是單純地存在差異，所以要用「차별」。

4. **차이**
   中譯｜大多數國家都尊重宗教差異。
   解說｜宗教差異、政治立場差異等是需要彼此「尊重」的「不同點」，要用「차이」來表示。

5. **차별**
   中譯｜遭受差別待遇時，不要無條件忍耐，請冷靜並有條理地說清楚自己感受到哪些不當之處。
   解說｜用來表示遭到不公不義的對待的詞彙是「차별」。

6. **차이**
   中譯｜為了消除經濟差異，正在不斷制定各種政策。
   解說｜由於是單純表示錢多錢少的差別，所以要用「차이」。

7. **차이**
   中譯｜每個孩子在想法和行動上表現出差異是理所當然的，每個人都有自己的個性。
   解說｜此處在說每個人的想法「不同」，所以要用「차이」。

8. **차이 / 차이**
    中譯｜應該互相尊重宗教差異和信仰、價值觀等差異。
    解說｜需要互相「尊重」的「不同點」，要用「차이」表示。

9. **차별**
    中譯｜種族歧視不能以任何理由合理化。
    解說｜以一個人的膚色來區分待遇好壞，這種標準是不合理的，所以答案是「차별」。

10. **차이**
    中譯｜魯水晶老師在今天的演講中強調了差異與多樣性。
    解說｜這裡指的是強調每個人都有不同之處，並且存在多樣性，所以要用「차이」。

밖 / 바깥

밖
主要表示「在指定空間以外的場
所或空間」

바깥
僅指沒有固定邊界的地方或空間

這兩個單字都有著「超出以一定周長建構的空間」、「沒有被任何東西圍住的戶外空間」的共同含義。（밖 / 바깥（外）← ➡ 안 / 속（內））

건물 밖 / 바깥은 춥다.

建築物外面很冷。

담배는 건물 밖에서 / 바깥에서 피우세요.

抽菸請到建築物外面。

밖에서 / 바깥에서 그만 서성이고 얼른 집에 들어가세요.

請別在外面徘徊，快點回家。

학교 밖 청소년들에게 더 따뜻한 관심을 가지고 그들에게 필요한 정책을 만들어야 합니다.

應該給予失學青少年更溫暖的關懷，並制定他們需要的政策。

1. 밖

「밖」主要用來表示「在指定空間以外的場所或空間」。

학교 밖으로 나가 봐야 그 안에서의 생활이 얼마나 많은 보호를 받고 있는 생활이었는지 알게 됩니다.

只有走出學校才會知道在校內的生活受到了多少保護。

버스가 마을 밖으로 벗어나자, 조금씩 긴장되기 시작했다.

公車一開到村子外，我就開始有點緊張了。

방 안에만 있지 말고 밖으로 좀 나와.

不要只待在房間裡，也要出去走走。

此外，「밖」也會跟「기대（期待）、능력（能力）、예상（預期）、한도（限度）」等抽象詞語一起使用，意思是「超出某個範圍或界線的部分」，此時不能和「바깥」替換使用。

예상 밖으로 일이 복잡해져서 수습해야 할 일이 한두 개가 아니에요.

事情出乎意料地變得很複雜，所以需要處理的事不只一兩件。

죄송하지만, 그 일은 제 능력 밖의 일이라서 도와드릴 수가 없습니다.

很抱歉，那件事超出我的能力範圍，所以我幫不上忙。

在提到「超出特定身體部位」時，要用「밖」，不能用「바깥」。

김 대리는 업무 시간에 메신저 사용이 너무 빈번해서 부장님 눈 밖에 났어요.

金代理在工作時間頻繁使用通訊軟體，因此失去部長的信任。
（慣用語：눈 밖에 나다 失去信任、失寵）

우리 집안의 비밀은 절대 입 밖에 내면 안 돼.

我們家的祕密絕對不能說出去。

간이 배 밖으로 나왔구나. 거짓말을 어쩜 그렇게 천연덕스럽게 하지?

你還真是膽大包天，怎麼能那麼自然地說謊呢？
（慣用語：간이 배 밖으로 나오다 表示無所畏懼地頂嘴）

2. 바깥

「바깥」僅指沒有固定邊界的地方或空間，此時不加助詞，直接用在名詞前面，意思和「야외（戶外）」相近。另外，「바깥」不能用於「기대（期待）、능력（能力）、예상（預期）、한도（限度）」等抽象名詞。

바깥 세상이 얼마나 무서운지는 본인이 겪어 봐야 알아요.

外面的世界有多可怕，只有自己經歷過才會知道。

바깥 공기가 차니까 옷 잘 챙겨 입으세요.

外面的空氣涼，請穿好衣服。

따스한 바깥 날씨 덕분에 오늘 아침 기분이 참 좋았다.

多虧外面溫暖的天氣，今天早上心情真好。

請寫出正確的內容。（一題可能有兩個以上的答案）

1. 정말 죄송하지만 , 수술실 _____ 일은 선생님이 관여할 바가 아니에요 .

2. 창 _____ 에 내리는 비를 보니 기분이 울적해져서 창 _____ 하늘에 내 시선을 고정시켰다 .

3. 좀 더 일찍 _____ 세상이 어떻게 흘러가는지 궁금해 했더라면 지금보다 나은 내가 되었을까 ?

4. 미세먼지가 아무리 심해도 역시 _____ 공기가 좋긴 좋네요 . 비록 마스크를 계속 껴야 하지만요 .

5. 이 기밀이 _____ (으) 로 새어 나가면 절대 안 됩니다 .

6. 이 문이 _____ (으) 로 나갈 수 있는 문인가요 ?

7. 하고 싶은 말이 많았지만 차마 입 _____ (으) 로 꺼낼 수 없었어요 .

8. 저 너무 안에만 있었더니 답답해요 . _____ 공기 좀 쐬고 싶어요 .

9. 수진 씨는 _____ 활동을 별로 안 좋아해서 특별한 일이 없으면 외출하지 않고 늘 집에 있어요 .

1. **바깥**
   中譯│真的很抱歉，手術室外面的事情不關你的事。
   解說│除了手術室這個指定空間外的其他地方，並不是一個特定的指定空間，
   所以要用「바깥」。這是一種強調的語氣，強調「手術室」這個指定空間，
   並強烈表示「只有那裡是你才可以干預的地方」。

2. **밖 / 밖**
   中譯│看到窗外下的雨，心情變得鬱悶，於是我將視線固定在窗外的天空上。
   解說│「밖」經常與「~ 에」、「~(으) 로」這兩者一起使用，但「바깥」通常
   是單獨使用。

3. **바깥**
   中譯│如果早一點好奇外面的世界是如何發展的，我會成為比現在更好的我嗎？
   解說│這裡指的是沒有被線和面限制住的外部，脫離我所在之地的外界，所以
   應該用「바깥」。

4. **바깥**
   中譯│無論霧霾再嚴重，果然還是外面的空氣好。雖然必須一直戴著口罩。
   解說│這裡指的是沒有柵欄或圍牆的「開闊的戶外」，且有指稱物理空間的外
   部空間之「具體性」，所以答案是「바깥」。

5. **밖或바깥**
   中譯│這項機密絕對不能洩漏出去。
   解說│兩者皆可使用，但用「밖」更強調「限定性」。如果說「바깥」是毫無目
   的地向外界洩露機密，那麼「밖」就是有目的地洩露機密給其他特定人
   士或公司。「밖」主要用在以界線和牆壁來限定空間時，所以有強烈指
   稱特定對象的感覺。

6. **밖或바깥**
   中譯│這扇門是通往外面的門嗎？
   解說│「밖으로 나가다」是指將我所在的位置從裡面移動到外面，「바깥으로 나
   가다」指的是身心得到解放，不再停留於一地，可以作「解脫」的意思使
   用。

7. **밖**

中譯│雖然有很多話想說，卻不忍心說出口。

解說│一些慣用表達在表示眼睛、嘴巴等「身體部位外」的意思時，都用「밖」，例如「입밖으로（（說）出口）」、「눈밖에 나다（失寵）」等形式。

8. **바깥**

中譯│我一直待在裡面太悶了，想去外面透透氣。

解說│這裡指的是自由開闊的空間，不受柵欄、牆壁、界線的限制，所以適合用「바깥」。

9. **바깥**

中譯│秀珍不太喜歡戶外活動，若沒有什麼特別的事就不會出門，總是待在家裡。

解說│作「外部＋N（名詞）」的意思使用時，要用「바깥」，如戶外活動、戶外遊戲、外面的空氣、外面的燈光等。

살 / 세

살

通常為「固有數字＋살」，主要
用於口語

지금 관람하는 영화는
15세이상관람가 등급으로
민 15세 이상은 누구나 관람할 수 있습니다.

세

通常為「漢字數字＋세」，主要
用於書面語及正式場合

「살」和「세」都是用來表示年齡的說法，作「固有數字＋살」、「漢字數字＋세」的形式使用，「살」主要用於口語，「세」主要用於書面語及正式場合。向兒童或青少年詢問年齡時，可以直接問對方「몇 살（幾歲）」，但對看起來像成年人的對象，我們不會直接用「몇 살」來詢問年齡，通常會用「나이가 어떻게 되세요？」、「혹시 나이가……？」等委婉問法。此外，當自己提到自己的年齡時，可以用「固有數字＋살」的形式，或是只說「固有數字」也可以，但如果用「漢字數字＋세」的說法就會顯得不太自然。

例

저는 올해 열여섯 살이 되었어요.

我今年十六歲了。

저희 병원에 처음 오셨어요? 그럼 여기에 성함과 생년월일 좀 적어 주세요.
[이름 : 이희경 / 생년월일 : 1943 년 10 월 5 일 / 나이 : 만 80 세]

請問是第一次來我們醫院嗎？那麼請您在這裡填寫姓名和出生年月日。
[姓名：李喜卿／出生年月日：1943 年 10 月 5 日／年齡：滿 80 歲]

이 치약은 몇 세부터 몇 세까지 사용할 수 있나요?

這款牙膏的適用年齡是從幾歲到幾歲？

말씀하신 감기약은 12 (십이) 세 이하 어린이가 복약하기에는 적합하지 않습니다.

您所說的這款感冒藥不適合十二歲以下的兒童服用。

아이구, 아기가 너무 귀엽네! 애기 몇 짤?

哎呀，這孩子真可愛！寶寶幾歲啦？

「애기」是「아기」的非標準語，用可愛的發音來表達這是一個可愛的小寶寶。「짤」是「살」口齒不清的發音，為了讓孩子對說話者產生親切感，有時候會故意像這樣模仿孩子的發音方式說話。

「살」的用法可整理如下。

줄리앙 씨는 올해 스무 (20) 살입니다.

朱利安今年二十歲。（一般的年齡表達）

제 나이는 한국 나이로 따지면 스물여덟 (28) 살이에요.

我的年齡按韓國年齡來算是 28 歲。（用韓國方式表達年齡時）

오늘이 제 생일이라서 저는 오늘 스물다섯 (25) 살이 되었습니다.

今天是我的生日，所以我今天二十五歲了。（與生日相關的年齡表達）

찬우는 어릴 때부터 열 (10) 살 차이나는 형과 함께 자랐습니다.

燦佑從小和相差十歲的哥哥一起長大。（提及年齡差異時）

현아 씨는 이미 예순 (60) 살을 넘었지만, 여전히 활동적입니다.

泫雅已經六十多歲了，但仍然很有活力。（提及達到特定年齡以上時）

「세」的用法可大致整理如下。

정채빈 어린이는 현재 8 세입니다.

鄭彩彬小朋友現年八歲。（明確表示年齡的情況）

김정우 씨는 30 세에 결혼했다.

金正宇於三十歲結婚。（正式提及隨著年齡發生的事件或行動時）

프리다 칼로는 18 세 때, 교통사고로 인해 병원에 입원해 있으면서 그림을 그리기 시작했다.

芙烈達・卡蘿十八歲時，因車禍而住院並開始畫畫。（於書面上提及特定年齡以後的事件或經歷時）

요즘은 어린이들도 3 세부터 영어를 배우기 시작합니다.

最近的孩子也從三歲開始學英語。（在書面上或正式提及從特定年齡開始的行動或教育）

練習一下！

請寫出正確的內容。

1. 우리 가족을 소개합니다 . 아버지 , 어머니가 계시고 , 오빠와 남동생이 있습니다 . 남동생은 저보다 2 _____ 어립니다 .

2. 이 영화는 15 _____ 이상 관람가입니다 .

3. 장민호 씨는 20 _____ 때 처음으로 해외 여행을 갔어요 .

4. 저는 4 _____ 때부터 피아노를 배우기 시작했는데 , 그 때는 선생님도 너무 엄하시고 엄마도 자꾸만 연습하라고 하셔서 피아노 학원 가는 게 마냥 무섭기만 했어요 .

5. 아이들은 보통 몇 _____ 이 / 가 되어야 자전거를 탈 수 있나요 ?

6. 은성 씨와 은우 씨는 4 _____ 차이가 나는 자매입니다 .

7. 만 18 _____ 이상인 사람만 담배와 술을 구입할 수 있습니다 . 미성년자는 주류와 담배 구입을 할 수 없습니다 .

8. 60 _____ 생일을 환갑 또는 회갑 , 70 _____ 생일을 고희라고 해요 .

1. **살**
   中譯｜我來介紹我的家人，我有爸爸、媽媽、哥哥和弟弟，弟弟比我小兩歲。
   解說｜由於是在說弟弟和我的年齡差距，所以要用提及自己的年齡時使用的「살」。

2. **세**
   中譯｜這部電影限十五歲以上觀看。
   解說｜在規定、規則、法律、法令之中，要用「세」。

3. **살**
   中譯｜張民浩二十歲時第一次出國旅行。
   解說｜口語提及特定年齡以後的事件或經歷時會用「살」，主詞為年紀小或年輕的人時，也會用「살」。

4. **살**
   中譯｜我從四歲開始學鋼琴，但那時候老師非常嚴厲，媽媽也一直叫我練習，所以我很害怕去鋼琴補習班。
   解說｜提到自己的年齡時要用「살」。

5. **살**
   中譯｜孩子一般要到幾歲才能騎自行車？
   解說｜由於是指孩子的年紀，所以要用「살」。

6. **살**
   中譯｜恩誠和恩宇是相差四歲的姊妹。
   解說｜談論年齡差距時要用「살」。

7. **세**
   中譯｜年滿十八歲以上者才能購買菸酒，未成年者不得購買酒類及香菸。
   解說｜使用「만 나이（實歲）」的說法時要用「세」。此外，可以購買菸酒的年齡指的是在規定、規則、法律、法令中的年齡，所以要用「세」。（※自 2023 年 6 月起取消韓國年齡，統一採用「實歲」的說法。）

8. **세 / 세**
   中譯｜六十歲生日稱為還甲或回甲，七十歲生日稱為古稀。
   解說｜年輕人在提及長者的年齡時，使用「살」一詞會顯得沒有禮貌。此外由於是在解釋還甲、回甲、古稀等詞彙用法，所以要用「세」。

가족 / 식구

가족（家族）

需有血緣關係的一家人

식구（食口）

指住在同一個屋簷下，一起吃飯
的人

1.가족

「가족」和「식구」都有「家庭成員」的意思。但是「가족」一般是指由婚姻關係組成的家庭成員及他們的直系親屬，必須有血緣關係，因此無論是一起住或分開住，都可以使用這個詞。另外，在專業領域會使用「가족」，例如핵가족（核心家庭）、가족관계증명서（家庭關係證明書）等，而且「가족」指的是一個「集合體」。

이산 **가족**

離散家庭

가족이 모두 몇 명이에요?

– 네 명이에요. 아버지와 어머니, 나, 그리고 여동생이 있어요.

家裡一共有幾個人？

—四個人。有爸爸、媽媽、我和妹妹。

나 이번 주말에 **가족** 여행 가기로 했어. 그래서 모임에 못 가. 미안.

我這個週末要去家庭旅行，所以無法參加聚會，抱歉。

2.식구

「식구」的漢字是「食口」，顧名思義，就是指住在同一個屋簷下、一起吃飯的人。因此，它可以用來指稱範圍更廣的家族成員，包括大家族、婆家，甚至是近親，只要住在同一個家裡，就算是「식구」。所以即便是親人，如果彼此分開住的話，也不會用「식구」來表示。另外，「식구」也可以用來比喻像家人一樣親近的關係，如比一般朋友或同事更親近的共進午餐的同事關係、經常一起吃飯的親密關係，或是在同一個機關團體共事的人等，都可以用「식구」表達。最後，「식구」可以用來指一個集合體，也可以指「個別成員」。

시댁 식구들은 모이기만 하면 수다 삼매경이에요. (不能使用시댁 가족)

婆家人只要聚在一起，就會聊個不停。

우리 사무실 식구가 벌써 10 명이 되었다.

我們辦公室的成員已經有 10 個人了。

우리 아버지는 책임져야 하는 딸린 식구가 많아서 젊었을 때 고생을 많이 하셨다.

爸爸要負責養活很多家人，所以年輕時吃了很多苦。

가족도 밥을 같이 먹어야 식구가 된다는 옛말이 있어요.

有一句老話說，家人也要一起吃飯才能成為一家人。

이 집에는 세 가족이 살고 있어요. / 이 집에는 세 식구가 살고 있어요.

這棟房子裡住著三戶人家。／這棟房子裡住著三戶人家（或三個人）。

「세 가족」是三個集合體的概念，意思是有三個不同的家庭；而「세 식구」可以表示「三個不同的家庭」，也可以表示「住在家裡的成員總共有三人」的意思。

請寫出正確的單字。

1. 우리 （　　） 은 / 는 다같이 크리스마스를 보냈어요 .

2. 파트장 님이 늘 우리 （　　） 을 / 를 먼저 챙겨야 한다고 말씀하시는 게 정말 감사해요 .

3. 우리 （　　） 은 / 는 다 다른 나라에 살고 있어서 자주 만날 수 없어 요 . 아빠와 엄마는 한국에 계시고 , 저는 일본에 있고 , 제 동생은 말 레이시아에 살아요 .

4. 오늘은 （　　） 이 / 가 모두 모여서 축하 파티를 열었어요 .

5. 이제 한 （　　） 이 / 가 된 것이나 마찬가지예요 . 한 배를 탔으니 , 같이 일 잘 해 봅시다 !

6. 할머니 고희연 때 가족들과 친척들이 모두 모여 할머니의 일흔 번째 생신을 축하했어요 . 할머니는 '오랜만에 우리 （　　） 들이 다같이 모여서 밥을 먹으니 너무나 좋구나'라고 하셨어요 .

7. 우리 회사에는 사원들의 （　　） 들을 위한 각종 복지 제도가 있어요 .

1. **가족**
   中譯｜我們一家人一起過了聖誕節。
   解說｜這句話的意思是由血緣關係組成的家庭成員一起過聖誕節，所以應該要用「가족」。一般「가족」的範圍包括爸爸、媽媽、兄弟姊妹和本人。

2. **식구**
   中譯｜非常感謝部門負責人總是說要先照顧我們這些家人。
   解說｜在職場上，上司帶領著在同一團隊或同一部門工作的員工，雙方不是血緣關係，而是親如家人般的關係，因此適用「식구」。這是一種比喻的說法。

3. **가족**
   中譯｜我們一家人各自住在不同的國家，所以不能經常見面。爸爸和媽媽住在韓國，我住在日本，我弟弟／妹妹住在馬來西亞。
   解說｜如果單看第一個句子，可能會在「가족」和「식구」之間猶豫，但第二句提到爸爸、媽媽、說話者本人，以及其兄弟姊妹，這些是由爸爸和媽媽的婚姻組成，並源於血緣關係的家庭成員，因此適合用「가족」。

4. **가족**
   中譯｜今天全家人聚在一起舉辦了慶祝派對。
   解說｜由於並未明確表示是廣義的親人，或是在公司交往密切的人，因此可以推測為直系親屬間的聚會。

5. **식구**
   中譯｜我們現在就跟成為一家人一樣，既然同坐一條船，就一起努力工作吧！
   解說｜「한 배를 타다（坐一條船）」是一種慣用表現，意思是為了一個目標而共同努力。由於是基於利害關係聚在一起工作的人，所以適合用「식구」這個比喻說法。

6. **식구**
   中譯｜奶奶古稀宴的時候，家人和親戚都聚在一起慶祝奶奶的七十大壽。奶奶說：「我們家人好久沒聚在一起吃飯了，真好。」
   解說｜在慶祝奶奶七十歲生辰的「古稀宴」上，不只我的家人，連親戚也齊聚一堂，而且又是大家聚在一起吃飯的場合，基於以上這兩個理由，此處應該要用「식구」。

7. **가족**

中譯｜我們公司有為員工家屬制定的各種福利制度。

解說｜公司提供的福利是給員工直系親屬的福利。舉例來說，如果媽媽在大企
　　　業工作，當她升到一定職位時，就能獲得子女的學費補助。因此表示親
　　　戚或心理上的親密關係的「식구」，是無法享受這項福利的，只有能以文
　　　件證明關係的直系親屬適用這項福利制度，所以此處應該要用「가족」。

고개 / 머리

머리

從頭頂到下巴（眼睛、鼻子、嘴巴、額頭、耳朵、頭髮和大腦）

고개

從頭頂到脖子的整體

1) 「머리」指的是從頭頂到下巴，是眼睛、鼻子、嘴巴、額頭、耳朵、頭髮和大腦所在的圓形部位；「고개」則是指從頭頂到脖子的整體，因此如果是用「脖子」來讓「頭」活動的情況，就要用「고개」。換句話說，「고개」指的是頭部和控制頭部方向的部位。

고개를 돌리다, 고개를 숙이다, 고개를 들다, 고개를 끄덕이다, 고개를 젓다, 고개짓을 하다

轉頭、低頭、抬頭、點頭、搖頭、（簡單或輕輕地）搖個頭

지수 씨는 머리 모양이 예뻐서 어떤 헤어스타일을 해도 다 잘 어울려요. (고개 X)

志受的頭形很漂亮，無論弄什麼髮型都很適合。

머리, 어깨, 무릎, 발, 무릎, 발 ~ ♪

頭兒肩膀膝腳趾，膝腳趾～ (Head And Shoulders, Knees and Toes Knees and Toes~ ♪)

호정아, 너 머리 뒤에 뭐가 붙어있어. 떼 줄게.

浩定，你頭後面有沾到什麼東西，我幫你拿掉。

2) 指「智力」、「大腦功能」、「大腦」和「頭蓋骨」時，必須用「머리」表示，不能用「고개」。

머리가 좋은 것과 성적이 좋은 것은 사실 크게 상관이 없어요.

頭腦好和成績好其實沒有太大的關係。

자기 머리가 나쁘다고 생각하지 마세요. 그런 생각이 자꾸 나를 자신 없게 만드니까요.

不要覺得自己頭腦不好。因為那種想法總是會讓人變得沒有自信。

쓸데없이 잔머리 굴리지 말고, 사실대로 얘기해.

別耍無謂的小聰明，照實說。

(補充參考：잔머리를 굴리다（耍小聰明）➡ 꾀를 내다（耍花樣）、머리를 굴리다（動腦筋）)

머리 좋은 것만 믿고 노력하지 않으면 좋은 결과를 얻을 수 없어.

只憑著頭腦聰明而不努力的話，是不可能取得好結果的。

오늘 아침에 머리가 너무 아파서 보건실에 가서 쉬었어요.

我今天早上頭很痛，去保健室休息了。

머리가 너무 가려워서 자꾸 긁는다면, 두피가 건성인지 아닌지 잘 살펴 보세요. 자기 두피에 맞는 샴푸를 사용해야 해요.

如果你經常因搔癢而去抓頭，請仔細檢查你是否為乾性頭皮。你應該使用適合自己頭皮的洗髮精。

3) 「머리카락（頭髮）」的替代說法是「머리」。

어제 머리 자르러 미용실에 다녀왔어요. (머리카락 O)

昨天去髮廊剪頭髮。

머리가 너무 긴데 머리 자를 때 되지 않았어? (머리카락 O)

頭髮太長了，是不是該剪頭髮了？

머리가 너무 빨리 자라서 미용실에 자주 가야하는 게 너무 불편해. (머리카락 O)

頭髮長得太快，需要經常去髮廊很不方便。

새로운 머리 스타일을 시도해 보고 싶어요. (헤어 스타일 O)

我想嘗試新髮型。

4) 表示某件事情或事物的開始、最前端、領頭者時，也會使用「머리」。

장도리 머리 부분을 못에 힘껏 내리쳤다.

用力將錘頭部分錘向釘子。

이 조직에서 머리가 누구예요?

這個組織的頭領是誰？

請選出正確的選項。

1. 샐리는 고통스러운듯 (　　) 을 / 를 감싸고 있었다 .
   a. 뇌　　　　　　b. 머리　　　　　　c. 고개　　　　　　d. 머리카락

2. 김민수 씨는 누군가 뒤에서 부르는 소리에 (　　) 을 / 를 돌렸다 .
   a. 뇌　　　　　　b. 머리　　　　　　c. 고개　　　　　　d. 머리카락

3. 「저는 머리카락을 자르러 이 곳을 찾아왔어요 .」當中，句子裡的
   底線部分可以替代為何 ?
   a. 뇌　　　　　　b. 머리　　　　　　c. 고개　　　　　　d. 이마

4. 매일 아침 빗으로 (　　) 을 / 를 빗으면서 두피 마사지를 해 주세요 .
   (可能有兩個以上的答案)
   a. 뇌　　　　　　b. 머리　　　　　　c. 고개　　　　　　d. 머리카락

5. 사춘기에 접어든 청소년들은 (　　) 이 / 가 굵어져서 이제 어른들
   의 말은 듣지도 않는다 .
   a. 뇌　　　　　　b. 머리　　　　　　c. 고개　　　　　　d. 머리카락

6. 얀 씨는 너무 미안한 마음에 (　　) 을 / 를 들 수가 없었어요 .
   a. 뇌　　　　　　b. 머리　　　　　　c. 고개　　　　　　d. 머리카락

7. 「이 강아지의 머리는 얼마나 커요 ?」這句話在問什麼東西的大
   小 ? （可能有兩個以上的答案）
   a. 뇌　　　　　　b. 두개골　　　　　c. 고개　　　　　　d. 머리카락

8. 제니 씨의 계속되는 질투와 시기에 , 주변 사람들은 모두 (　　)
   을 / 를 돌렸다 .
   a. 뇌　　　　　　b. 머리　　　　　　c. 고개　　　　　　d. 머리카락

9. 잘못한 것도 없는데 괜히 ( ) 숙이지 마 . 이유 없이 ( ) 숙일 필요 없어 .

    a. 뇌   b. 머리   c. 고개   d. 머리카락

10. ( ) 을 / 를 통해 들어온 정보는 ( ) 에서 처리되어 , 필요한 신체 기관에 전달됩니다 .

    a. 뇌   b. 머리   c. 고개   d. 머리카락

解答

1. **b. 머리**
   中譯｜莎莉好像很痛苦似地捂著頭。
   解說｜雙手捂住的部位是脖子以上的部位，也就是身體最頂端的「머리」，所以正確答案是 b。

2. **c. 고개**
   中譯｜聽到有人在後面呼喚，金明秀轉過頭去。
   解說｜控制頭部方向的部位是「脖子」，同時用到「脖子」和「頭」的時候，必須用「고개」表示，所以正確答案是 c。

3. **b. 머리**
   解說｜題目中的「저는 머리카락을 자르러 이 곳을 찾아왔어요 .」是「我是來這裡剪頭髮的」的意思。可以替代「머리카락」的單字是「머리」，所以正確答案是 b。選項 d 的「이마」是「額頭」的意思。

4. **b. 머리、d. 머리카락**
   中譯｜每天早上請用梳子梳頭髮，同時按摩頭皮。
   解說｜머리카락跟머리都可以用來表示「頭髮」的意思，所以答案是 b 和 d。

5. **b. 머리**
   中譯｜進入青春期的青少年翅膀硬了，現在連大人的話也不聽了。
   解說｜「머리가 굵어지다（頭髮變粗，意思類似中文的「翅膀硬了」）」是指「像大人一樣思考判斷」的慣用表現，所以正確答案是 b。

6. **c. 고개**
   中譯｜楊先生愧疚到抬不起頭來。
   解說｜需要控制頭部動作和方向時，要用「고개」，所以正確答案是 c。

7. **a. 뇌、b. 두개골**
   解說｜題目中的「이 강아지의 머리는 얼마나 커요 ?」是「這隻小狗的頭有多大？」的意思。大腦、頭蓋骨、智力、大腦功能都可用「머리」表示，所以正確答案是 a 和 b。

8. **c. 고개**
   中譯｜在珍妮不斷的嫉妒和猜忌下，周圍的人都別過頭去了（視而不見）。
   解說｜「고개를 돌리다（轉頭）」是「假裝不認識某人或不知道某狀況、視而不見」的慣用表現，而要轉動頭就需要活動「고개」，所以答案是 c。

9. **c. 고개**

中譯│你又沒做錯什麼事，不要低著頭。沒必要無緣無故低頭。

解說│「고개를 숙이다（低頭）」有實際移動脖子讓頭朝下的意思，但也可以用來表示「對別人感到抱歉」、「鄭重地表示歉意」、「請求原諒」的意思。正確答案是 c。

10. **b. 머리／ a. 뇌**

中譯│透過頭部接收的資訊由大腦處理後，傳達給需要的身體器官。

解說│由於是用所有身體感覺器官，如眼睛、鼻子、嘴巴、耳朵等接收的資訊，所以第一個括號應該要填「머리」。而處理資訊功能的身體部位是「大腦（뇌）」，所以第二個括號的答案是 a。

버릇 / 습관

버릇

主要用來指不好的行為

습관

可以指好或不好的行為

兩者都是指「長時間重複養成的身體熟悉的行為」。「버릇」主要用來指不好的行為，「습관」可以指好的行為，也可以指不好的行為。

세 살 버릇 여든 간다고 했어요. 어렸을 때부터 버릇을 잘 들여야 해요.

俗話說三歲習慣，八十不改。從小就該養成良好的習慣。

손톱 깨무는 버릇 / 습관은 보기에도 좋지 않고 위생적으로도 좋지 않아요.

咬指甲的習慣不僅不美觀，也不利於衛生。

일찍 일어나는 습관을 길러야 한다. (버릇 X)

應該養成早起的習慣。

어려서부터 시간을 관리하는 습관을 길러야 한다. (버릇 X)

應該從小養成管理時間的習慣。

另外，「버릇」也可以用來表示「對待長輩時應遵守的禮儀」，通常會作「버릇이 없다（沒有禮貌）」、「버릇을 가르치다（教導禮儀）」等形式使用。

아이를 너무 오냐오냐하면 버릇이 없어집니다.

如果太寵孩子，孩子會變得沒有禮貌。

버릇은 어렸을 때부터 가르쳐야 합니다. 머리가 커지면 가르치기 어렵습니다.

禮儀應該從小開始教導，等長大了就不好教了。

버릇이 너무 없는 아이는 사람들을 불쾌하게 만든다.

太沒禮貌的孩子會得罪人。

「V- 아 / 어 / 해 버릇하다」用於對重複不良行為的情況表達負面看法時。

아이한테 계속 먹여 줘 버릇하면 식탁 예절이 엉망이 됩니다.

如果孩子被餵習慣了，餐桌禮儀會變得很糟糕。

뭐든지 자꾸 해 줘 버릇하면 독립적인 아이로 자랄 수 없어요.

如果什麼事都幫孩子做好，他就無法成長為獨立的小孩。

혼자 해결해 보려고 하지 않고 자꾸 다른 사람에게 의존해 버릇하면 문제 해결 능력이 향상될 수 없습니다.

如果不嘗試自己解決，總是習慣依賴他人，是無法提升問題解決能力的。

「習관」除了指身體熟悉的行為，也可用來表示「身體熟悉的生活方式」。

나는 요즘 지난 30 년동안 굳어진 생활 習관을 고쳐보려고 노력 중이다.

我最近正在努力改掉過去 30 年來養成的生活習慣。

어릴 때의 양치 習관은 평생의 치아 건강에 영향을 미칩니다.

小時候的刷牙習慣會影響一輩子的牙齒健康。

독서하는 習관은 하루 아침에 형성되지 않는다.

閱讀的習慣不是一天就能養成的。

中文說的「習慣」能當「動詞」使用，但在韓文中會用「익숙하다」、「익숙해지다」來表達，不能用「습관되다」來表示。

你在台灣還習慣嗎？→ 대만 생활에 좀 익숙해졌어？

我已經習慣了魯水晶老師的教學方式。→ 노수정 선생님이 가르치시는 방식에 익숙해졌어요.

請從습관與버릇選出正確的內容並寫出。

1. 어렸을 때는 손가락을 빨거나 손톱을 물어 뜯는 _____ 이 / 가 있을 수 있지만 , 자라면서 반드시 고쳐야 합니다 . 미관상으로 보기 안 좋을 뿐만 아니라 , 위생적으로도 좋지 못하기 때문입니다 .

2. 다리 떠는 _____ 은 / 는 어른들이 복 달아난다고 늘 하지 말라고 하시는 행동인데 , 사실 건강에는 좋대요 .

3. 밤에 일찍 자고 아침에 일찍 일어나는 _____ 은 / 는 건강을 지켜주는 기본 생활 규칙 중 하나입니다 .

4. 올바른 공부 _____ 은 / 는 어렸을 때부터 하루 일과를 계획하는 것을 익히는 것에서부터 시작됩니다 .

5. 부모님께서 어릴 때부터 책 읽는 _____ 을 / 를 길러 주신 덕분에 , 저는 지금도 책 읽는 것을 좋아해요 . 그래서 그런지 이해력도 좋은 편이에요 .

6. 수정 씨는 자꾸 물건을 잃어 버리는 _____ 때문에 외출 전에 가방을 두세 번 확인한다 .

7. 아침에 눈을 뜨자마자 양치를 하고 미지근한 물 두 잔을 마시는 것은 나의 오랜 _____ 이다 .

8. _____ 적으로 같은 행동을 나도 모르게 반복하거나 , 한 가지 일에 길게 집중하지 못한다면 성인 ADHD 를 의심해 볼 수 있어요 .

解答

1. **버릇**
   中譯｜小時候可能會有吸手指或咬指甲的習慣，但長大一定要改。不僅是因為不美觀，從衛生方面來看也不好。
   解說｜重複發生不良行為帶有負面的感覺，所以應該要用「버릇」，而非「習慣」。

2. **버릇**
   中譯｜抖腳的習慣是大人經常叫我們不要做的動作，因為福氣會跑掉，但據說這其實對健康有益。
   解說｜這是韓國和臺灣共通的文化，尤其是在吃飯的時候抖腳，大人就會大聲呵斥「福氣會跑掉」，由於是含有負面意味的行為，所以答案是「버릇」。

3. **習慣**
   中譯｜早睡早起的習慣是守護健康的基本生活守則之一。
   解說｜由於是積極可取的行為，所以用「習慣」是對的。其他如「하루에 3 번 양치하는 습관（一天刷三次牙的習慣）」、「집에 돌아오자마자 손을 씻는 습관（回家後立刻洗手的習慣）」和「기침이나 재채기를 할 때 소매로 입을 가리는 습관（咳嗽或打噴嚏時用袖子捂住嘴的習慣）」等生活規範，也是用「習慣」。另外，如果有人用沒禮貌、沒教養的語氣說話，那種行為就叫「말버릇이 안 좋다（出言不遜、說話無禮）」。

4. **習慣**
   中譯｜正確的學習習慣始於從小開始練習規劃一天的行程。
   解說｜「올바르다」一詞有模範的、肯定的意味，所以要用「習慣」。

5. **習慣**
   中譯｜多虧父母從小讓我養成閱讀的習慣，我到現在還是喜歡看書。也許是因為這樣，我的理解力也比較好。
   解說｜「閱讀」是大家都知道很好，但很難養成的「習慣（相同行為的重複）」，所以要用「習慣」。「習慣」搭配的動詞是「기르다（培養）」。

6. **버릇**
   中譯｜水晶有經常丟三落四的習慣，所以出門前會檢查兩、三次皮包。
   解說｜記不住東西的位置是一種不好的行為，會影響工作準確性並浪費生活中的時間，所以這裡要用「버릇」。

7. **습관**

中譯｜早上一睜開眼睛就刷牙，再喝兩杯溫水是我長久以來的習慣。

解說｜最近韓國人常用的一個詞叫「루틴」，意思是透過反覆做某些行動，使生活整體產生積極的變化或規律的節奏。可以替代「루틴」的單字是「습관」。

8. **습관**

中譯｜如果不自覺習慣性重複同樣的行為，或是無法長時間專注於一件事，就可以懷疑是成人 ADHD（注意力不足過動症）。

解說｜可以作「~ 적」、「~ 적으로」形式使用的只有「습관」，因此即使後面接的是負面的內容，在形容詞和副詞用法中也只能用「습관적으로」。

길 / 거리 / 도로

길
通常指最廣泛使用的一般道路

거리
一般是指城市裡的街道

도로
表示為了快速抵達目的地，人工
開闢的又寬又長的道路

1.길（road；路）

1) 指最廣泛使用的一般道路。

길을 못 찾아서 지나가는 사람에게 물었다.

因為找不到路，所以問經過的路人。

이 **길**로 가면 더 빠르게 갈 수 있어요.

走這條路會比較快。

2) 人們行走的人行道、巷弄、小路等也包含在內，經常用在非正式場合或
   輕鬆聊天的場合。狹窄短小的道路不能用「도로」或「거리」表示。

오늘 **길**에서 우연히 고등학교 동창을 만났다.

今天在路上偶然遇見高中同學。

우리 집은 이 **길** 끝에 있어요.

我家在這條路的盡頭。

이태원 경리단**길** / 경주 황리단**길** / 부산 해리단**길**

梨泰院經理團路／慶州皇理團路／釜山海理團路

3) 除了「通道」的意思之外，還可用來表示去或來的「途中」，以及「做
   事方法、生活目標、做人必須遵守的道理」等。

먹고 살 **길**을 찾기 위해 (= 일자리를 구하기 위해) 각자가 나름의 노력을 하고 있
다.

為了謀求生計（＝為了找工作），每個人都在各自努力。

나는 내 친구를 도와줄 **길**이 없어서 너무나 미안했다.

沒有辦法幫助我的朋友，我感到非常抱歉。

집에 오는 **길**에 친구를 만났다.

在回家的途中遇見了朋友。

2.거리（street；街）

1) 表示穿越於城市與城市之間的道路，因此沒有「시골 거리」這種說法，而是「시골길（鄉間小道）」。一般是指城市裡的街道，速限相對低於「도로」。此外，如果要指稱的對象並非只有「路」，而是包含周圍的設施和建築物，就要用「거리」來表示。

이 거리는 차가 많아서 조심해야 해요.

這條街上車很多，要小心才行。

그 동네 거리는 아주 예쁘게 꾸며져 있어요.

那個社區的街道佈置得很漂亮。

2) 如果說「길」著重於移動和抵達的目的，那麼「거리」則具有體驗過程的性質。

모임에 지각할까 봐 일찍 길을 나섰다. (거리 X, 도로 X)

怕聚會遲到，所以提早上路。

빠른 길을 찾기 위해 여러 내비게이션 앱을 다 써 봤다.

為了尋找捷徑，我用過許多導航應用程式。

오늘은 친구와 함께 명동 거리를 구경했다. (명동 길 X, 명동 도로 X)

今天跟朋友一起在明洞逛街。

3) 如果將「길」視為自然的領域，那麼「거리」可歸類於由人造環境構成的城市的一部分。

삼거리, 사거리, 오거리

三岔路、十字路、五岔路

3. 도로 (큰 길 大道、公路、道路)

1) 表示為了快速抵達目的地，人工開闢的又寬又長的道路，通常是指已清除石頭和樹木的整潔道路，也會在地面上豎立支柱來建造。經常出現在正式文件上，用於一國的國土開發與交通開發等概念。

도로교통법, 한국도로공사, 고속도로, 고가도로 (고가길 X, 고속길 X)

道路交通法、韓國道路公社、高速公路、高架道路

고속도로를 타면, 서울에 빨리 갈 수 있습니다.

上高速公路的話，可以快速抵達首爾。

이 도로는 서울과 부산을 연결하는 중요한 노선이다.

這條公路是連接首爾和釜山的重要路線。

여기는 지금 도로 공사 중이라 차가 많이 밀려요.

這裡正在進行道路施工，所以塞車塞得很厲害。

2) 可用來區分車輛行駛的道路和人行走的道路。

차도 / 인도 (보도) / 횡단보도

車道／人行道／斑馬線

請選出正確的選項。（一題可能有兩個以上的答案）

1. 서울에서 부산까지 가는 <u>길 / 거리 / 도로</u>은 / 는 어떤 <u>길 / 거리 / 도로</u>인가요？

2. 이 <u>길 / 거리 / 도로</u>은 / 는 차가 많아서 조심해야 해요.

3. 그곳은 한적한 <u>길 / 거리 / 도로</u>(이) 라 편안한 산책<u>길 / 거리 / 도로</u>입니다.

4. <u>길 / 거리 / 도로</u>의 상점들이 밤늦게까지 열려 있어요.

5. 아침에 음악을 들으며 <u>길 / 거리 / 도로</u>을 / 를 걸었어요.

請寫出正確的內容。（一題可能有兩個以上的答案）

6. 저는 매일 이 （　　　） 을 / 를 뛰어서 학교에 가요.

7. 이 （　　　） 은 / 는 속도 제한이 100km/ h 입니다.

8. 이 지역의 （　　　） 은 / 는 너무 복잡해서 운전하기 어려워요.

解答

1. **길 / 길**

   中譯｜從首爾到釜山的路是什麼路？

   解說｜此處要用最普遍、最廣泛的「길」。由於沒有指定特定交通工具，因此不能斷定是「도로」。此外，從首爾到釜山的距離很遠，所以不適合用「거리」。

2. **길、도로**

   中譯｜這條路的車很多，要小心才行。

   解說｜此處可用最普遍、最廣泛使用的「길」，也可用意指「車輛行駛道路」的「도로」。如果是整頓完善的道路就用「도로」，如果不是就用「길」。

3. **길 / 길**

   中譯｜那裡是一條安靜的小路，是舒適的散步路線。

   解說｜「한적하다」意味著人不多、很悠閒，而散步就是「走路」，因此兩者都適用「길」。

4. **거리**

   中譯｜街上的商店營業到深夜。

   解說｜「거리」一詞包含「體驗的過程」的含義，因此可以參觀或擁有特定文化的街道，應該用「거리」來表示。

5. **길、거리**

   中譯｜早上聽著音樂走在路上。

   解說｜沒有乘坐交通工具移動，而是用走路的，由此可見這是一條狹短的小路。如果只想表達用雙腳移動的意思，就用「길」；如果是為了參觀或其他目的而走路，就用「거리」。比起「길」，「거리」整頓得更完善、更平坦，更便於行走。

6. **길**

   中譯｜我每天都在這條路上跑著去學校。

   解說｜由於不是搭車移動，而是徒步移動，所以要用「길」。另外，등굣길（上學路）、하굣길（放學路）、출근길（上班路）、퇴근길（下班路）都用「길」表達。

7. **도로**

中譯｜這條公路的速限為 100km/ h。

解說｜速限 100km/ h 表示這是車輛行駛的道路。另外此處是正式說法（規定、
管制、法規等），所以要用「도로」。

8. **길、도로**

中譯｜這一帶的路太複雜了，很難開車。

解說｜如果只是可以移動，整頓得不太好的地方，就用「길」；如果是經過整頓，
乾淨整潔、車輛可以順暢行駛的地方，就用「도로」。兩者皆可使用，在
意義上並沒有太大的差別。

특색 / 특성 / 특징

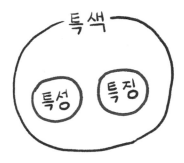

특색

指「與其他事物相比，特別不同或突出之處」，包含評價的意味，是最常用的

특성

是某事物獨有的，可用來與其他事物作區別的獨特性質，主要著重於「本來就有的東西」

특징

僅限於「從表面可以看出來的東西」，例如特別顯眼的優點和缺點

1. 特色

「특색」指的是「與其他事物相比，特別不同或突出之處」，其中包含評價的意味，是最常使用的。

모든 도시마다 고유한 특색이 있어요.

每座城市都有自己的特色。

영업 경쟁은 몹시 치열하기 때문에 자기만의 특색을 가지기 전에는 고객을 모을 수 없다.

由於營業競爭非常激烈，在擁有自己的特色之前是吸引不了顧客的。

우리집 골목에 있는 한 가게는 특색 있는 수공예품들로 유명하다.

我家巷子裡的一家店以特色手工藝品而聞名。

미야자키 하야오의 영화는 특색 있는 연출과 음악으로 유명하다.

宮崎駿的電影以獨具特色的演出和音樂而聞名。

2. 特性

「특성」是某事物獨有的，可與其他事物作出區別的獨特性質，主要著重於「本來就有的東西」。

그 식물의 특성 중 하나는 빠른 성장이다.

該植物的特性之一是生長快速。

올빼미의 특성은 밤에 활동적이라는 것이다.

貓頭鷹的特性是活躍於夜間。

사람마다 가지고 있는 특성을 살리는 교육이 필요합니다.

我們需要能活用每個人不同特性的教育方式。

바이러스의 특성을 밝혀내면 백신을 만들고 해당 질병을 예방할 수 있습니다.

查明病毒的特性，就能製造疫苗並預防該疾病。

3. 특징

「특징」僅限於「從表面可以看出來的東西」，例如特別顯眼的優點和
缺點。

존댓말은 한국어의 큰 특징 중 하나이다.

敬語是韓語的一大特徵。

우리 아파트 단지의 특징은 조경이 아름답고 교통이 편리하다는 거예요.

我們社區大樓的特徵是景觀優美、交通便利。

샤인 머스켓 포도의 특징은 과실이 크고 당도가 높다는 것입니다.

晴王麝香葡萄的特徵是果實大、糖度高。

MBTI 결과에 따라 각기 다른 특징이 있어요.

根據 MBTI 結果不同，各自有不同特徵。

특징이 드러나다 / 특징을 보이다 / 특징이 없다 / 특징을 찾다

顯示特徵／展現特徵／沒有特徵／尋找特徵

請寫出正確的內容。

1. 이 호텔은 그들만의 독특한 분위기와 디자인이 _____ (이) 다.

2. 우리는 외모가 멋있는 사람들에게 재능, 친절, 정직, 지성과 같은 우호적인 _____ 을 / 를 무의식적으로 부여한다.

3. 경주는 유네스코 세계 문화유산에 등재된 신라 시대의 유적지와 유물들로 인해 _____ 있는 도시로 유명하다.

4. 자기 자신에 대한 이해는 흥미, 적성, 가치 외에 중요한 _____ (으) 로서의 성격을 먼저 파악하는 데서 시작된다.

5. 교육 박람회에 참가한 각 학교들은 모두 _____ 있는 홍보 활동을 펼쳤다.

6. 영장류는 원래 각 손발에 5 개의 손발가락 (五指) 을 가지고 있으며, 엄지 손가락이 나머지 네 손가락과 각각 맞닿을 수 있다는 _____ 이 / 가 있다.

7. 이 배터리의 _____ 상, 사용하면 할 수록 충전 시간이 더 길어진다. 이런 _____ 을 / 를 가진 배터리는 길게 보면 소모품이라고 할 수 있다.

解答

1. **특징**

   中譯│這家飯店的特徵是其獨特的氣氛和設計。

   解說│因為是可用眼睛確認的表面特徵，有別於其他酒店的特別之處，所以要用「특징」。

2. **특성**

   中譯│我們下意識地賦予外表好看的人才華、親切、正直、知性等友好的特性。

   解說│才華、親切、正直、知性等是抽象的、主觀的事物，與肉眼看不到的「성질」不同，所以要用「특성」。

3. **특색**

   中譯│慶州因被聯合國教科文組織列入文化遺產的新羅時代遺跡和文物，作為獨具特色的城市而聞名。

   解說│聯合國教科文組織對慶州「賦予價值」，人們延續並保存了被賦予的價值，因此應該用「특색」這個能涵蓋該地區特徵與特色的最大概念。

4. **특성**

   中譯│對自身的理解除了興趣、性向、價值之外，首先要從掌握作為重要特性的性格開始。

   解說│對自身的理解、興趣、性向、價值等，不是物質性或物理性的東西，所以肉眼看不見。因此，要將這些事物的「本質」、內在「性質」與其他事物區別開來，突顯其特殊性時，適合用「특성」。

5. **특색**

   中譯│參加教育博覽會的學校都展開各具特色的宣傳活動。

   解說│「宣傳」行動必須展現看得見的特徵，以及在學校宣傳這個共同範疇內各自的特別之處，所以應該使用最廣義的「특색」。

6. **특징**

   中譯│靈長類原本四肢各有五指，並具有拇指可以分別觸碰到其他四指的特徵。

   解說│因為句子內容與靈長類有別於其他哺乳類、兩棲類等的外表和看得見的動作等有關，所以要用「특징」。

7. **특성 / 특성**

   中譯│由於該電池的特性，使用次數越多，充電時間就會變得越長。具有這種特性的電池，長遠來看可視為消耗品。

   解說│電流、電力、電量等在「量化」前是看不見的，所以適合用「특성」來形容它們本質上的特殊性。

장소 / 곳 / 데

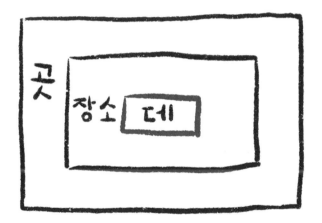

이 곳에 있는 어떤 장소에서 조용한 데를 찾을 수 있습니까?
在這裡的什麼地方可以找到安靜之處？

1. 장소

「장소」指的是「做某事或發生某事的地方」。它可以單獨使用，如「장소를 정하다（決定地點）」；也可以加名詞修飾，如「약속 장소（約定地點）」；或是和冠形詞一起使用，如「무엇을 하는 장소（做什麼的地方）」。

전시회가 열리는 날짜, 시간, 장소를 알려 주시면 감사하겠습니다.

如能告知展覽舉辦日期、時間和地點，我將不勝感激。

많은 관광객들에게 사랑받는 곳은 사진을 찍었을 때 예쁘게 나오는 장소입니다.

受到眾多遊客喜愛的地方，是拍照時看起來很漂亮的場所。

모임 장소 / 회의 장소

聚會地點／開會地點

「장소」和「곳」的共同點是可以接在冠詞後面，如「무엇을 하는 장소（做什麼的場所）」、「무엇을 하는 곳（做什麼的地方）」。從兩者的區別來看，「곳」除了在特定情況下，一般不會單獨使用，通常是在天氣預報中才會用到「곳에 따라（局部地區）」這種說法；相反的，「장소」一般都是單獨使用。此外，「장소」更適合用於較正式的場合或書面語；如果主題是比較輕鬆的內容，通常會用「곳」或「데」。

2. 곳 / 데

「곳」通常作為廣泛表示空間位置或地區的名詞，如「조용한 곳（安靜的地方）」、「버스를 타는 곳（搭公車的地方）」等，不能單獨使用，要放在冠形詞後面，如「무엇을 하는 곳（做什麼的地方）」，或是「이곳（這裡）／그곳（那裡）／저곳（那裡）」。一般可與「데」替換使用，但「이데 / 그데 / 저데」這種說法並不存在。而作單位名詞時，可以用「한 곳（一處）/ 두 곳（兩處）/ 세 곳（三處）」，但並沒有「한 데 / 두 데 / 세 데」這種說法。另外，「데」用於比「곳」更狹窄的範圍。

회의실 아무 데나 앉으세요.

請隨意坐在會議室的任何地方。

조용한 곳에서 아름다운 풍경을 바라보며 커피 한 잔 하는 게 제 일상의 힐링이에요.

在安靜的地方看著美麗的風景喝一杯咖啡,是我日常的療癒。

그곳에는 제 취향의 물건들이 많아서 자주 가게 돼요.

那裡有很多我喜歡的東西,所以我經常去。

감기 기운이 있을 때에는 사람들이 많은 곳에 가지 마세요.

有感冒徵兆時,請不要去人多的地方。

좋은 곳 = 좋은 데 (O)

好地方

시원한 곳 = 시원한 데 (O)

涼爽的地方

이곳 / 그곳 / 저곳 (O), 이데 / 그데 / 저데 (X)

這裡／那裡／那裡

의지할 데 하나 없다.

無所依靠。（沒有任何可依靠的空間、位置）

예전에 가 본 데가 어디인지 잘 기억이 나지 않는다.

我不太記得以前去過的地方是哪裡。（指具體地點）

지금 가는 데가 어디야?

現在要去什麼地方？（詢問具體的目的地）

그가 사는 데는 여기서 멀다.

他住的地方離這裡很遠。（指目前居住的具體地點）

最後,「곳」和「데」不能用名詞修飾,如「약속 곳（X）」、「회의 데（X）」。但「장소」可以自然地用名詞修飾,如「약속 장소（約定地點）」、「회의 장소（開會地點）」等說法。

練習一下！

請選出正確的選項。（一題可能有兩個以上的答案）

1. 在「이 곳에 무엇을 두어야 할까요？」這句話裡，「이 곳」可以替換成什麼？
   a. 이 데　　　　　　　　　　b. 이 장소

2. 在「도시에서 가장 아름다운 곳은 어디인가요？」這句話裡，「가장 아름다운 곳」可以替換成什麼？
   a. 가장 아름다운 데는　　　　b. 가장 아름다운 장소는

3. 在「당신은 이 곳에 올 때마다 항상 미소를 짓습니다.」這句話裡，「이 곳」可以替換成什麼？
   a. 이 데　　　　　　　　　　b. 이 장소

4. 在「이 지역에서 가장 유명한 곳은 어디인가요？」這句話裡，「가장 유명한 곳」可以替換成什麼？
   a. 가장 유명한 데는　　　　　b. 가장 유명한 장소는

5. 在「여기에서 가장 가까운 장소는 어디인가요？」這句話裡，「장소는」可以替換成什麼？
   a. 데는　　　　　　　　　　b. 곳은

6. 在「이번 주말에는 어떤 데에서 쇼핑을 해야 할까요？」這句話裡，「어떤 데」可以替換成什麼？
   a. 어떤 곳　　　　　　　　　b. 어떤 장소

7. 在「이 곳은 저에게 매우 소중한 곳입니다.」這句話裡，「이 곳」可以替換成什麼？
   a. 이 데　　　　　　　　　　b. 이 장소

8.　在「이곳에서는 조용한 데를 찾기가 어렵습니다 .」這句話裡，「조용한 데」可以替換成什麼？

　　a. 조용한 곳　　　　　　　　　b. 조용한 장소

9.　在「공연을 하기에 마땅한 곳을 찾는 게 생각보다 쉽지 않네 .」這句話裡，「마땅한 곳」可以替換成什麼？

　　a. 마땅한 장소　　　　　　　　b. 마땅한 데

1. **b. 이 장소**
   解說｜題目中「이 곳에 무엇을 두어야 할까요 ?」是「這裡應該放什麼呢 ？」的意思。「데」不能和指示代名詞「이 / 그 / 저」或普通名詞一起使用。

2. **a、b 皆可**
   解說｜題目中「도시에서 가장 아름다운 곳은 어디인가요 ?」是「城市裡最美的地方是哪裡 ？」的意思。如果要確切指出較小的地區，就用「아름다운 데」；如果要廣泛地指某個空間，就用「장소」。

3. **b. 이 장소**
   解說｜題目中「당신은 이 곳에 올 때마다 항상 미소를 짓습니다 .」是「你每次來這裡總是帶著微笑」的意思。「데」不能和指示代名詞「이 / 그 / 저」或普通名詞一起使用。

4. **a、b 皆可**
   解說｜題目中「이 지역에서 가장 유명한 곳은 어디인가요 ?」是「這一帶最有名的地方是哪裡 ？」的意思。如果要具體指出某個較小的地區，就用「유명한 데」；如果要廣泛地指某個空間，就用「장소」。

5. **a、b 皆可**
   解說｜題目中「여기에서 가장 가까운 장소는 어디인가요 ?」是「離這裡最近的地方是哪裡 ？」的意思。「장소」、「데」、「곳」都可以用冠形詞來修飾，因此三者皆可用，但在含意上略有差異。「가까운 데」用於想客觀瞭解某個具體地點時；「가까운 곳」用於想客觀瞭解一個地點及其周邊環境；「장소」用於想客觀瞭解一個更正式、更大眾的空間。

6. **a. 어떤 곳**
   解說｜題目中的「이번 주말에는 어떤 데에서 쇼핑을 해야 할까요 ?」是「這個週末應該去什麼地方購物呢 ？」的意思。由於「購物」並非「官方的、正式的行為」，所以不適合用「장소」。

7. **b. 이 장소**
   解說｜題目中的「이 곳은 저에게 매우 소중한 곳입니다 .」是「這裡對我來說是非常珍貴的地方」的意思。「데」不能和指示代名詞「이 / 그 / 저」或普通名詞一起使用。只有「이 곳」是最適合的，但若不得不選擇其他單字使用，就要用「장소」。雖然可以用「이 장소 (這個場所) / 그 장소 (那個場所) / 저 장소 (那個場所)」，但這並不是常用的說法。

8.　**b. 조용한 장소**

　　解說│題目中「이곳에서는 조용한 데를 찾기가 어렵습니다 .」是「在這裡很難找
　　　　到安靜的地方」的意思。由於已經指定了「이곳」這個特定區域，要在這
　　　　裡面再找出具體的地點，所以適合用「데」。「이곳」和「조용한 곳」是
　　　　同樣的地方，指的是重複的地點，所以不能使用。

9.　**a. 마땅한 장소**

　　解說│題目中的「공연을 하기에 마땅한 곳을 찾는 게 생각보다 쉽지 않네 .」是「要
　　　　找到適合演出的地點，不如想像中那麼容易」的意思。題目裡的「마땅한
　　　　곳」指的是比較大的範圍，比如戶外或是室內；「마땅한 장소」指的是更
　　　　具體的範圍，比如某個劇場或某個舞臺，可以根據需求選擇用詞。

가운데 / 속 / 안

가운데
主要表示位於事物兩端之間的中央位置

속
指看不見的「裡面」，通常用來表示被外皮或外殼包住的物體內部

안
具有面積的物體中間「空著的內部空間」

1.가운데

1) 主要用來表示位於事物兩端之間的中央位置。例如「탁자 가운데에 꽃을 놓았다（把花放在桌子中間）」，在這個句子裡，「가운데」指的是桌子兩端之間的中央位置。也可替換為「중간」或「중앙」，通常是指平面空間的中央。

위 - **가운데** - 아래 / 왼쪽 - **가운데** - 오른쪽

上面―中間―下面／左邊―中間―右邊

강 **가운데** 배가 떠 있다.

一條船漂浮在河中央。

이 삼각형의 넓이를 구하기 위해서는 밑변과 높이, 그리고 **가운데**를 지나는 대각선의 길이가 필요하다.

要求出這個三角形的面積，需要底、高和通過中心的對角線長度。

운동장 **한가운데** 서 있는 내 동생을 발견하고 얼른 뛰어갔다.

我發現到站在操場正中央的弟弟／妹妹，趕緊跑了過去。

2) 表示兩者之間。

어떤 여자가 두 사람의 **가운데** 불쑥 끼어들었다.

有個女人突然插進兩人之間。

저 축구 선수는 두 선수 **가운데**로 절묘하게 패스하는 것이 일품이다.

那名足球選手巧妙地將球傳到兩名選手之間，堪稱一絕。

3) 在由多個個體組成的固定範圍內。

많은 꽃들 **가운데** 내가 제일 좋아하는 꽃은 코스모스이다.

在眾多的花當中，我最喜歡的花是波斯菊。

부모님은 수많은 사람들 가운데서도 내 자식을 금방 찾아낸다.

即使在無數的人當中，父母仍然可以很快地找到自己的孩子。

4) 從排序來看，不是排第一或排最後的中間順序。

그는 반에서 키가 가운데는 된다.

他在班上的身高居中。

저는 공연볼 때 가운데 줄에 앉아서 보는 걸 좋아해요.

我看表演時喜歡坐在中間排的位置看。

저는 눈이 나빠서 가운데 자리나 뒷자리보다는 앞자리에 앉아야 칠판 글씨가 잘 보여요.

我視力差，比起中間或後面的位置，我得坐在前面的位置才能看清黑板上的字。

5) （用在冠形詞變化「-(으)ㄴ , -는」之後）表示在某事或某狀態發生的範圍內。

그는 가정 형편이 어려운 가운데서도 남을 돕는다.

他在家境困難的情況下，仍會幫助別人。

지진 피해로 인해 모두가 혼란스러운 가운데서도 온정이 넘쳤다.

即使在因地震災害而混亂不堪的情況下，仍充滿了溫暖。

어려운 상황 가운데서 그 어려움을 극복하기 위해서는 용기와 끈기가 필요하다.

在艱難的情況下，為了克服困境，需要勇氣和毅力。

2.속 / 안

1) ［共同意義］用來指被某物體的周長圍住的中央空間、某物體的內部，主要用於立體空間。（平面空間會用「가운데」）

상자 속 / 안에 선물이 있다.

箱子裡有禮物。

지갑 속 / 안에 카드와 현금이 많이 들어 있어서 잃어버리면 골치가 아프다.

錢包裡有很多卡和現金，如果弄丟了會很傷腦筋。

대만에는 겉모습만 보면 많이 낡고 지저분해 보이는 건물이 많다. 그렇지만 건물 속 / 안을 들어가면 밖에서 본 것과는 전혀 다른 세상이 나타난다.

在臺灣，有很多從外表來看非常破舊、髒亂的建築物。但當你進入建築物裡面，就會出現一個和從外面看到的完全不同的世界。

2) 「속」指的是看不見的「裡面」，通常用來表示被外皮或外殼包住的物體內部，是指物體中「被某物填滿的部分」。相反的，「안」指的是具有面積的物體中「空著的內部空間」。因此，在這種情況下，「속」和「안」是不能互換的。

수박 속이 아주 잘 익었다.

西瓜內部熟透了。

속 빈 강정이다.

真是虛有其表。

이불 속이 제일 안전해.

被子裡面最安全。

동은 씨는 머릿속에 무슨 생각을 하고 있는지 알 수가 없어요.

不知道東恩腦子裡在想什麼。

새콤한 포도 향이 입안 가득 퍼지면서 기분이 좋아졌다.

當酸酸的葡萄香味在嘴裡蔓延時，心情都變好了。

출퇴근 지하철 안에는 늘 사람이 가득 차 있다.

通勤的捷運裡總是擠滿了人。

3) 當指的是「在某種現象、情況或事件之中」、「非具體物質而是抽象意義的當中」時，要用「속」來表達。

그건 드라마 속에서나 나오는 일이야. 현실은 달라. (안 X)

那是在電視劇裡才會出現的事，現實是不同的。

지금 나는 마치 폭풍 속에 있는 것처럼 혼란스러워. (안 X)

我現在就像處於風暴之中一樣混亂。

그 살인 사건은 온 국민을 충격 속으로 몰아넣었다. (안 X)

那起謀殺案震驚了全國人民。

4) 「속」經常用來表示「人的心臟或身體部位的中間」。

한 길 사람 속은 알아도 열 길 물 속은 모른다.

知人知面不知心。

내 마음 속에 항상 네가 있어.

我的心裡一直有你。

눈 속에 이물질이 들어가서 가렵고 불편하다.

眼睛裡進了異物，又癢又難受。

5) 當「안」指的是時間限制、不能超過一定標準或限制的界線時，不能和「속」替換使用。

오늘 안에 이 보고서를 완성하세요.

請在今天之內完成這份報告。

남자 친구 생일 선물을 10 만원 안에서 해결해야 해.

我得在 10 萬韓元的預算內解決男朋友的生日禮物。

올해 안에 꼭 다이어트를 성공할 거야!

今年內一定要減肥成功！

練習一下！

請選出正確的選項。（一題可能有兩個以上的答案）

1. 차가 터널 (속 / 안) 을 지나갈 때는 반드시 전조등을 켜야 합니다 .

2. 옷장 (속 / 안) 에는 입을 만한 옷이 늘 없어 .

3. 금리 인상 기대 (속 / 안) 약세인 금 시장

4. 기대와 우려 (속 / 안) 에서 실외 마스크 의무 착용이 해제되었습니다 .

5. 일주일 (속 / 안) 에 10kg 를 빼는 방법 같은 건 없어요 . 적게 먹고 운동하세요 .

6. 입 (속 / 안) 에 음식물 머금은 채로 말하는 건 예의 없는 행동이에요 .

7. 버스 (속 / 안) 에 사람이 너무 많아서 숨이 막힐 정도였다 .

8. 랜덤 박스 (속 / 안) 에 뭐가 들어 있는지 궁금하면 그 박스를 흔들어 볼까요 ? 소리를 들으면 (속 / 안) 에 뭐가 있는지 알 수 있나요 ?

解答

1. 속、안
中譯│車輛行經隧道時，必須打開前照燈。
解說│隧道是「用周長圍住的空間」，所以「속」和「안」兩者皆可使用。

2. 안
中譯│衣櫃裡總是沒有能穿的衣服。
解說│當某物的內部是空著的時候，就用「안」；當某物的內部是被填滿的，
　　　就用「속」，例如연필 속（鉛筆芯）、수박 속（西瓜瓤）、뱃속（肚子裡）。

3. 속
中譯│在利率調漲的期待下，處於弱勢的黃金市場
解說│處於事件或狀況之中，要用「속」。

4. 속
中譯│在人們的期待和擔憂中，解除了戶外強制佩載口罩的規定。
解說│期待、貧窮、擔憂等都是表示「情況」的說法，所以要用「속」。

5. 안
中譯│沒有什麼方法能在一星期內減掉 10 公斤，請少吃、多運動。
解說│這裡指的是不可以超過規定的標準和限制，所以應該要用「안」。

6. 안
中譯│嘴裡含著食物說話是不禮貌的行為。
解說│由於立體空間（口腔）的內部是空的，所以要用「안」。

7. 안
中譯│公車裡的人太多了，讓人喘不過氣。
解說│計程車、公車、捷運、飛機、火車等特定空間，其內部原始狀態是空的，
　　　所以要用「안」，母語為中文的人最容易用錯的說法，就是說成「택시
　　　위（計程車上）、지하철 위（捷運上）」，所以務必要多加留意。

8. 속 / 안
中譯│如果想知道隨機盲盒裡裝著什麼，要不要搖一搖盒子？聽聲音的話，能
　　　知道裡面有什麼嗎？
解說│可以用「속」表示看不見的裡面，也可以用「안」表示立體空間的裡面。

수단 / 방법 / 도구

수단

指為達到某種目的而使用的物理
工具、手段或方法

방법

指處理或解決特定事情的程序、
方法或技術

도구

單純表示工具的意思，也代表了
最簡單、最直觀，且不需要太深
入的方法

1. 수단

「수단」是指為達到某種目的而使用的物理工具、手段或方法。而且「수단」給人一種費盡心機，為達目的不擇手段的感覺，即使無法確保過程中的正當性也無所謂，它是為實現某種目標而採取的一系列步驟或程序。此外，「수단」常強調為達成遠大的目標而使用的方法。

내가 하고 있는 일을 단순히 생계 수단으로만 생각한다면, 하루하루가 너무 괴롭지 않을까요?

如果只將正在做的事情當成謀生手段，豈不是每一天都會很痛苦嗎？

이 게임에서 승리하기 위해 최후의 수단으로 남겨 놓은 아이템을 써야할 때가 온 것 같다.

看來是時候使用我為了在遊戲中獲勝，作為最後手段留下的道具了。

대중 교통 수단으로는 택시, 버스, 지하철, 기차, 고속철도 등이 있습니다.

大眾運輸工具有計程車、公車、捷運、火車和高鐵等。

빠른 통신 수단의 발달은 전 세계를 하나의 지구촌으로 연결해 놓았다.

通訊工具的迅速發展，將全世界連結成一個地球村。

2. 방법

「방법」是指處理或解決特定事情的**程序**、**方法**或技術，以及為達成某種目的而採取的方式。它不能用來表示物理工具。此外，「방법」傾向於強調為達成某種目的而使用的**具體方法**。

고민을 해결하는 방법을 찾아야 합니다.

需要找到解決煩惱的方法。（→解決煩惱的具體方式）

효과적인 의사소통 방법을 익히는 것이 중요합니다.

掌握有效的溝通方法很重要。（→有效的溝通技巧）

수단과 방법을 가리지 말고 이 프로젝트를 훌륭하게 해 내세요.

不管用什麼手段和方法，務必要出色地完成這個專案。（→無論是否按照規定程序執行，都必須達成目標）

這兩個用詞的差別，簡單來說就是「수단」強調的是為達成目標而使用的一系列步驟或**工具**，也會作負面、不正當的含義使用；而「방법」強調的則是處理事情的具體程序或**方法**。因此，慣用語「수단과 방법을 가리지 않다（不分手段和方法、不擇手段）」的意思是「無論是否遵循正確的程序和步驟，只要能達到目的就行了。」

3. 도구

「도구」只有單純工具的意思，指的是木工或電氣工程用的工具。它也代表了最簡單、最直觀，且不需要太深入的方法。

언어는 사람의 생각과 감정을 표현하는 도구일 뿐이에요.

語言只是表達人類思想和感情的工具。

학문을 출세의 도구로 삼고 싶지는 않다.

我不想將學問當成出人頭地的工具。

請寫出正確的內容。（一題可能有兩個以上的答案）

1. 어려운 문제일수록 해결하기 위한 _____ 이 여러 가지가 있습
   니다 . 여러 각도에서 같이 고민해 봐야 합니다 .

2. 그 목표를 이루기 위한 최선의 _____ 은 무엇인가요 ?

3. 언어는 사람과 사람이 자신의 의사를 전달하기 위한 _____ 이
   다 .

4. 동원할 수 있는 모든 _____ 을 다 동원해서 이 일을 제대로 마
   무리 하세요 .

5. 기혼 여성이 육아와 일을 잘 병행하기 위한 _____ 에는 어떤 것
   이 있을까요 ?

6. 부정한 _____ 으로 돈을 번다면 , 과연 그 돈을 떳떳하게 쓸 수
   있을까요 ?

7. 어려운 상황에서도 새로운 _____ 을 모색해야 합니다 .

8. 학벌이나 배경이 인재 등용의 _____ 중 하나가 될 수는 있으
   나 , 인재 선발의 _____ 이 되어서는 안 된다 .

9. 효율적인 시간 관리 _____ 을 배워야 합니다 .

解答

1. **방법**
   中譯 | 越是困難的問題，就有越多種解決方法，必須同時從各種角度去思考。
   解說 | 為了解決問題，就需要接近問題的方法，所以要用「방법」。

2. **방법**
   中譯｜實現該目標的最佳方法是什麼？
   解說｜解決問題、達成目標的方法是「방법」。

3. **도구**
   中譯｜語言是人們傳達個人意見的工具。
   解說｜意思是日常生活中的語言只要能溝通就行了，也就是單純、直觀、不需
   要想得太嚴重的意思，所以用「도구」即可。

4. **방법或수단**
   中譯｜請動用所有能動用的方法，好好完成這件事情。
   解說｜如果是考慮各種解決方法，就用「방법」；如果是在一定程度上省略步驟
   和過程，只要能達成目標即可，就用「수단」。

5. **방법**
   中譯｜已婚女性兼顧育兒和工作的方法有哪些？
   解說｜解決「一般問題」的方法要用「방법」。

6. **수단**
   中譯｜如果用不正當的手段賺錢，真的能問心無愧地用那筆錢嗎？
   解說｜「수단」也可用來表示不正當的方法。

7. **방법**
   中譯｜即使在困難的情況下，也要摸索新的方法。
   解說｜「모색하다（摸索）」的意思是即使緩慢，也要一一確認並冷靜探索能解
   決事情或事件的方法，因此在這句話中不適合用可以表示「程序不太重
   要」的「수단」。

8. **방법 / 수단**
   中譯｜學歷或背景可以成為人才錄用的方法之一，但不能成為人才選拔的手段。
   解說｜表示雖然可以成為錄用人才的簡單標準（방법），但不能被濫用或淪為錄
   用人才的「工具」（수단），要根據不同情況使用適當的用詞。

9. **방법**
   中譯｜必須學習有效的時間管理方法。
   解說｜這裡指的是解決「時間管理」問題的「方法」，所以要用「방법」。

어른 / 웃어른 / 어르신

어른

可以表示「身體或心智成熟的成人」，也可以指「因年齡或地位較高，所以必須謙卑侍奉的長輩」；反義詞為아이

웃어른

웃어른和어르신只能表示「因年齡或地位較高，所以必須謙卑侍奉的長輩」

어르신

웃어른和어르신只能表示「因年齡或地位較高，所以必須謙卑侍奉的長輩」。也可以用來尊稱別人的父親、與自己父母年齡相仿或年長者

「어른」既可以用來表示「身體或心智成熟的成人」，也可以指「因年齡或地位較高，所以必須謙卑侍奉的長輩」；而「웃어른」和「어르신」則**只能**用來表示「因年齡或地位較高，所以必須謙卑侍奉的長輩」。「어른」的反義詞通常是「아이（孩子）」。此外，「웃어른」經常被誤用為「윗어른」，「위（上）」的相反是「아래（下）」，如果想用「윗어른」一詞，前提是「아래어른」的說法必須成立，但「아래어른」一詞並不存在，所以不能用「윗어른」，一定要用「웃어른」。相反的，由於「윗사람（長輩、上級）」的反義詞是「아랫사람（晚輩、下屬）」，所以「윗사람」才是正確的說法，而非「웃사람」。

어른 (웃어른 X / 어르신 X) 도 없이 아이들끼리 멀리 여행을 가면 안 되지 . 반드시 보호자가 동행해야 해 .

孩子們不能在沒有大人陪同的情況下自己遠行，必須要有監護人陪同。

엄마, 저 떡국 두 그릇 주세요 ! 떡국 많이 먹고 빨리 어른 (웃어른 X / 어르신 X) 이 되고 싶어요 .

媽媽，給我兩碗年糕湯！我想吃很多年糕湯，快點變成大人！

새해가 되면 집안 어른 / 웃어른 / 어르신들께 세배를 다녀요 .

一到新年，就要向家中長輩拜年。

어른 / 웃어른 / 어르신과 전화 통화를 할 때는 어른 / 웃어른 / 어르신보다 내가 먼저 전화를 끊으면 안 된다 .

與長輩通話時，不能比長輩先掛電話。

우리 동네 웃어른들은 주말마다 함께 모여서 술자리를 갖는다 .

我們社區的長輩每個週末都會聚在一起喝酒。

「어르신」也可以用來尊稱別人的父親，或是與自己的父母年齡相仿或較為年長的人。

어르신, 제가 댁까지 모셔다 드리겠습니다 .

爺爺，我送您回家。

어르신, 어디 편찮으십니까? 안색이 안 좋으십니다.

爺爺，您哪裡不舒服？您的氣色不太好。

어르신께 값진 가르침을 받고 싶습니다.

我想向長輩汲取寶貴的教誨。

「어르신」是對老人的尊稱，經常出現在公家機關的官方用詞和社會制度等的用語中。

어르신 상담 센터, 어르신 문화 교실, 어르신 일자리 센터

長者諮詢中心、長者文化教室、長者就業中心

가정의 달을 맞이하여 지역 어르신들을 위한 다양한 행사와 경품이 준비되어 있습니다.

為了迎接家庭月，我們為當地長者準備了各種活動和獎品。

어르신들에게 인기가 많은 그 가수는 자신의 팬들과 함께 독거 어르신들을 위한 연탄 나르기 봉사에 나섰다.

那位深受長者歡迎的歌手，和自己的歌迷一起從事為獨居長輩搬運蜂窩煤的志工活動。

另外，「젊다（年輕）＋이（指稱人的說法）＝젊은이（年輕人）」和「어리다（年幼）＋이＝어린이（兒童）」，這兩個詞並沒有貶低或自謙的含義，但「늙다（年老）＋이＝늙은이（老人）」卻是用來貶低上了年紀的人（老人），或是年長者自我謙稱的說法，因此即使是在咒罵或指責的情況下也不該使用。

아이구, 이 늙은이가 겪었던 일들이 무슨 도움이 된다구. 젊은이들이 더 똑똑하지.

哎呀，我這老頭子的經歷能幫上什麼忙？還是年輕人比較聰明。

늙은이라고 구박 마라, 너희는 안 늙을 줄 아느냐.

不要因為我是老人就欺負我，你們以為自己就不會變老嗎？

請寫出正確的內容。（一題可能有兩個以上的答案）

1. _____ 이 / 가 되면서 , 책임감 있는 태도와 자세가 필요하다 .

2. 진정한 _____ 은 / 는 젊은이들이 힘들어하고 어려워할 때 선뜻 손을 내밀어 도울 줄 아는 사람이다 .

3. _____ 모시고 술을 배워야 점잖은 술을 배운다 .

4. 나이가 들수록 _____ 대접 받으려고 하지 말고 젊은 세대들의 문화에 대해 이해하고 지지하는 것이 중요하다고 말씀하셨습니다 .

5. 우리 동네 _____ 들은 매일 아침 일찍 일어나서 조깅을 하신 다 .

6. 우리 사회는 _____ 들이 청년들을 따스한 마음으로 차근차근 가르치고 포용해 주며 이끌어 나가는 것이 필요하다고 생각합니다 .

7. 행복한 노후를 보내기 위해 , 우리 실버타운에서 생활하는 _____ 들은 건강에 신경을 많이 쓰고 계십니다 .

8. _____ 을 / 를 공경하고 , _____ 이 / 가 하시는 말씀을 잘 새겨 들읍시다 .

9. _____ 앞에서는 몸가짐과 행동이 모두 조심스러워요 .

1. **어른**

   中譯｜長大成人後，需要有負責任的態度與姿態。

   解說｜此處指的是非未成年或小孩的成熟狀態，也就是「成人」，所以要用「어른」。

2. **어른**

   中譯｜真正的大人是在年輕人疲憊或困難時，會欣然伸出援手幫忙的人。

   解說｜處於身體發育完成、心智成熟的狀態，且年滿十八歲以上的人，便可稱為「어른」，此處的「어른」指的是可以幫助年輕人的「已完全成熟的人」。

3. **웃어른**

   中譯｜要在長輩面前學喝酒才能學會文雅的飲酒文化。

   解說｜這是一句俗語，意思是要向年紀比自己大的人學習飲酒之道。

4. **어른**

   中譯｜您說不要隨著年齡增長就想受到長輩的待遇，重要的是要理解並支持年輕世代的文化。

   解說｜可作「어린이（小孩）」、「젊은 세대（年輕世代）」、「젊은이（年輕人）」、「청년（青年）」等詞彙的反義詞使用的是「어른」。

5. **어르신**

   中譯｜我們社區的長輩每天早上都會早起去慢跑。

   解說｜此處是尊稱年紀大、輩份高的長者，所以要用「어르신」。

6. **어른**

   中譯｜我認為我們的社會需要大人以溫暖的心循序漸進地教導、包容和引導年輕人。

   解說｜此處指的是已經處於成熟狀態，能夠教導並包容年輕人的大人，所以適合用「어른」。

7. **어르신**

   中譯｜為了能度過幸福的晚年，住在我們銀髮村的長者非常注重健康。

   解說｜此處是尊稱住在「실버타운（銀髮村、養老院）」這個「機構」的長者，所以答案是「어르신」。

8. **어른或웃어른或어르신**

   中譯｜尊敬長輩，銘記長輩所說的話。

   解說｜無論是身體發育完成的大人、能夠教導晚輩的長輩，或是情緒、心智發展成熟的人都是「必須尊敬和銘記教誨的對象」，因此三者皆可使用。

9. **어른或웃어른或어르신**

   中譯｜在長輩面前，我的一切行為舉止都十分謹慎。

   解說｜這句話可以指在年紀比自己大的人面前、上了年紀的長者面前，也可以表示在能給予教誨和啟發的成熟大人面前，因此三者皆可使用。

욕구 / 욕망 / 욕심

욕구

指人類或動物擁有的自然需求或欲望，用在生存、安全、社交關係、性欲等各種領域

욕망

代表更深層、更私密的內在需求，是賦予我們動機以達成自我實現、個人成長和幸福、成就、成功等的心情

욕심

表示更貪婪、過度的欲望，指想要和貪圖超出自己原本所擁有的或能夠擁有的事物

1. 욕구

表示希望得到某事物或做某件事。

「욕구」指的是人類或動物擁有的自然需求或欲望，用在生存、安全、社交關係、性欲等各種領域。它意味著基本的、本能的要求，也可以用來表示單純的生理現象需求。

욕구가 있다 / 없다 / 생기다 , 욕구를 충족하다 / 충족시키다

有／沒有／產生需求、滿足需求

배고픔을 느끼면 음식을 찾는 욕구가 생깁니다.

感到飢餓，就會產生覓食的需求。

인간의 기본 욕구에는 식욕, 수면욕, 성욕이 있다고 합니다.

人類的基本需求包括食欲、睡眠和性欲。

구성원들의 욕구를 모두 다 충족시킬 수는 없어요.

無法滿足所有成員的需求。

사회적으로 인정받고 싶은 욕구는 대부분의 사람들에게 있습니다.

大多數人都渴望得到社會認可。

2. 욕망 (Desire)

表示由於感到缺乏某些東西，而想擁有或享受該事物的那種念頭，以及為此採取的行動。

「욕망」代表的是更深層、更私密的內在需求，是賦予我們動機以達成自我實現、個人成長和幸福、成就、成功等的心情。它是一種基於個人價值觀、目標和具體動機的積極情感，包含了對實現目標的強烈渴望。是賦予動機、促使一個人朝著目標努力、取得成就的原動力。

욕망이 있다 / 없다 / 생기다 , 욕망을 가지다

有／沒有／產生欲望、懷有欲望

나는 작가로서 세계적으로 유명해지는 욕망을 가지고 있습니다.

作為一名作家，我渴望能夠聞名全世界。

성공적인 사업가로서의 지위를 얻는 것이 내 욕망입니다.

作為企業家取得成功地位是我的欲望。

다른 사람들을 돕고 세상을 개선하는 욕망이 있습니다.

我渴望能幫助他人並改善世界。

우리 회사를 기반이 탄탄한 회사로 키우고 싶은 욕망이 있습니다.

我渴望能將我們公司發展成一間基礎穩固的公司。

3. 욕심

表示超出本分的貪念。

「욕심」意味著更加貪婪、過度的欲望，指的是想要和貪圖超出自己原本所擁有的或能夠擁有的事物，有時也會被用來表示具有自私及貪婪的一面。也可作負面意義使用，表示想要凌駕他人或只追求自身利益的想法等。甚至經常為了那種想法而無視社會秩序和道德價值觀。然而當它用來表示在「獨自一人」、「不傷害或影響他人」的情況下自我要求時，就不具負面含義。

욕심을 내다 , 욕심을 부리다 , 욕심이 있다 / 없다 / 생기다 / 많다

貪圖、起貪念、有／沒有／產生／有很多野心

옛날 이야기 < 흥부와 놀부 > 에서 놀부는 이미 부자인데도 불구하고 더 많은 돈과 재산을 얻기 위해 욕심을 내다가 벌을 받았다.

在傳統故事《興夫傳》中，儘管孬夫已經很富有，還是貪得無厭地想得到更多金錢和財產，因而受到懲罰。

준수는 어렸을 때부터 그렇게 욕심이 많더니, 결국 이기적인 아이로 자랐구나.

俊秀從小就很貪心，結果長大變成一個自私的孩子。

소피아 씨는 일 욕심이 너무 많아서 자기가 자기한테 스트레스를 줘요.

蘇菲的工作野心太強，以至於給自己帶來壓力。

스미스 씨는 점점 더 많은 권력을 얻고자 하는 욕심에 사로잡혔다.

史密斯逐漸被想獲得更多權力的欲望所驅使。

總結來說，「욕구」代表對本能和必要事物的欲望，「욕망」代表基於個人目標與價值觀的欲望，而「욕심」則可以說是貪婪和過度的欲望。

請寫出正確的內容。（一題可能有兩個以上的答案）

1. 사람이 배고픈 상태에서 음식을 찾는 것은 욕구 / 욕망 / 욕심 중 어떤 것인가요 ? : _____

2. 지금보다 더 재산이 많은 부자가 되고자 하는 마음은 욕구 / 욕망 / 욕심 중 어떤 것인가요 ? : _____

3. 타인의 소유물을 탐내고 그것을 얻기 위해 과도한 행동을 하는 것은 욕구 / 욕망 / 욕심 중 어떤 것인가요 ? : _____

4. 사회적으로 인정받고 싶은 마음은 욕구 / 욕망 / 욕심 중 어떤 것인가 요 ? : _____

5. 타인의 성과를 어떻게든 초월하고 자신만의 확고한 지위를 구축하려 는 마음은 욕심 / 욕망 / 욕구 중 어떤 것인가요 ? : _____

6. 인간의 생존에 대한 _____ 은 / 는 생각보다 강해서 , 생명에 위 협이 느껴지는 순간이 오면 , 평소에는 볼 수 없었던 강한 힘이 솟아 나와 살기 위해 필사적으로 발버둥친다 .

7. 저는 내 자신을 끊임없이 발전시키고 싶다는 _____ 이 / 가 있 습니다 . 그 노력의 일환으로 , 매일 아침 눈뜨자마자 손과 펜으로 글 을 씁니다 .

8. 따뜻한 사랑으로 채워진 안정된 가정을 원하는 게 그렇게 큰 _____ 입니까 ?

1. **욕구**
   解說｜人類的基本需求，如食欲、睡眠和性欲等，要用「욕구」來表示。

2. **욕심或욕망**
   解說｜如果想要的財富超出了自己的能力或才能，就用「욕심」；如果單純指想
   要某事物的心情，就用「욕망」。

3. **욕심**
   解說｜「過分」貪婪的行為是「욕심」。

4. **욕망**
   解說｜由於是在付出努力後，希望努力能獲得回報，所以應該用「욕망」。

5. **욕심**
   解說｜「어떻게든（無論如何）」都要超越別人的成就是過度的貪心，所以應該
   用「욕심」。

6. **욕구**
   中譯｜人類的生存欲望比想像的更加強大，在感覺生命受到威脅的那一瞬間，
   就會迸發出平常看不到的強大力量，為了生存而拼命掙扎。
   解說｜與人類「生存」有關的都要用「욕구」來表達，要吃東西才能活下去（食
   欲）、要睡覺才能活下去（睡眠），這些需求都被視為基本「욕구」。

7. **욕망或욕심**
   中譯｜我渴望能不斷地提升自我，我為此做出的努力，包括每天早上一睜開眼
   就動筆寫字。
   解說｜想取得與自己付出的努力同等的成果是「욕망」，想取得遠超過自己的努
   力或能力的良好成果是「욕심」，可根據情況使用。

8. **욕심**
   中譯｜想要一個充滿溫情的安穩家庭，是那麼過分的欲望嗎？
   解說｜這句話要表達的意思是，在本人看來只是想要一個「普通家庭」，卻被
   別人視為過分要求，因而感到委屈，所以應該用「욕심」。

문제 / 질문 / 의문

문제
指在某事或某情況下發生的困難或需要解決的狀況或事情

질문
為了獲取某種資訊或瞭解情況而向他人詢問或打聽

의문
用於表示無法信任或確信，所產生的質疑、不確定或懷疑的想法

1. 문제 (Problem、trouble)

指在某事或某情況下發生的困難或需要解決的狀況或事情。「문제」可用來表示某種困難、難處和需要解決的狀況或事情。

수학 시험에서 틀린 문제들을 다시 공부해야 합니다.

數學考試中做錯的題目要重新學習才行。

이 프로젝트에서 가장 큰 문제는 예산 부족입니다.

這個專案最大的問題在於預算不足。

두 회사 사이에 발생한 문제를 해결하기 위해 중재자를 찾아야 합니다.

必須找一位調解人來解決兩家公司之間發生的問題。

2. 질문 (Question)

指為了獲取某種資訊或瞭解情況而**向他人詢問或打聽**。用來表示為了獲取資訊而提問，或是向別人詢問的問句及情況。可作질문이 있다 / 없다（有／沒有問題）、질문을 하다 / 제기하다（提出問題）等形式使用，也可替換為「묻다」、「물어보다」。

면접관이 나에게 마지막으로 한 질문은 " 이 일을 왜 하고 싶습니까? " 였습니다.

面試官最後問我的問題是「你為什麼想從事這份工作？」

회의에서 중요한 질문들이 제기되었습니다.

會議中提出了一些重要的問題。

수업 시간에 질문을 하려고 손을 들었지만, 수업 시간이 다 돼서 질문 할 수 없었습니다.

我在課堂上舉手想要提問，卻因為下課時間到了而沒能提問。

3. 의문 (Doubt)

用於表示無法信任或確信而有所質疑的心情和想法、不確定或懷疑的狀態和想法。可作의문이 들다（產生疑問）、의문을 품다（抱持疑問）、의문이 생기다（產生疑問）等形式使用。

해당 주장에 대해 여러 사람의 의문이 계속해서 제기되고 있습니다.

很多人持續對該主張提出質疑。

경찰은 이 사건의 진실성에 대한 의문을 가지고 조사를 시작했습니다.

警察對此案件的真實性抱持懷疑並展開了調查。

내 친구가 왜 그런 선택을 했는지에 대한 의문이 생겼습니다.

我對於我朋友為何會做出那種選擇產生了疑惑。

請寫出正確的內容。（一題可能有兩個以上的答案）

1. " 왜 이 문제를 해결해야 하는 건가요 ? " 라는 _____ 이 / 가 들었습니다 .

2. 이 프로젝트를 진행하는 과정에서 발견된 가장 큰 _____ 은 / 는 무엇인가요 ?

3. " 회의에서 어떤 _____ 이 / 가 제기되었나요 ? " 라고 물었습니다 .

4. 이안 씨가 나에게 마지막으로 한 _____ 은 / 는 무엇인가요 ?

5. 팀원들은 그 _____ 에 대한 해답을 찾기 위해 토론을 시작했습니다 .

6. " 영민 씨가 이런 결정을 내린 이유가 무엇인가요 ? " 라고 _____ 했습니다 .

7. 민수 씨의 터무니없는 주장에 대해 _____ 이 / 가 들었습니다 .

8. 회의 중에 긴장감을 주기 위해 " 불확실한 점이 있나요 ? " 라고 _____ 을 / 를 던져 봤어요 .

9. 이 프로젝트에 특별한 _____ 이 / 가 없으면 이대로 진행하겠습니다 .

1. **의문**
   中譯｜產生了「為什麼需要解決這個問題？」的疑問。
   解說｜在「懷疑的情況」下要用「의문」。另外，「의문이 들다（產生疑問）」
   是常用的片語。

2. **문제**

中譯｜在執行此專案的過程中發現的最大問題是什麼？

解說｜用「문제」來表示 trouble 的意思。

3. **문제或의문**

中譯｜我問：「會議中提出了什麼問題？」

解說｜如果是提出好奇的問題，就要用「문제」；如果是提出質疑，就要用「의문」。

4. **질문**

中譯｜怡安最後問我的問題是什麼？

解說｜Q&A 形式的對話，要用「질문 (Q) 과 대답 (A)（問答）」來表示。

5. **질문或문제**

中譯｜組員們為了尋求該問題的解答，開始進行討論。

解說｜如果是尋找某人「提出的問題」的解答，就要用「질문」；如果指的是難以解決或感到為難等情況，就要用「문제」。

6. **질문**

中譯｜我問：「榮旻做出這種決定的原因是什麼？」

解說｜「詢問的行為」要用「질문」表示。

7. **의문**

中譯｜我對民秀荒謬的主張產生了疑問。

解說｜荒謬的主張就是缺乏根據的主張，對此可能會產生疑心，因此應該要用「의문」。

8. **질문**

中譯｜為了在會議中製造緊張感，我丟出了一個問題：「有什麼不確定的地方嗎？」

解說｜由於是「提問的行為」，所以要用「질문」。另外，「던지다（丟）」這個動詞只能跟「질문」一起使用，不能用於「의문」和「문제」。

9. **문제**

中譯｜這項專案若是沒有特別的問題，我將照這樣繼續進行下去。

解說｜此處指的是「如果沒有難以解決或感到為難等情況」，所以應該用「문제」。

풍경 / 경치 / 정경

풍경

可用於自然景觀或由人、建築、事物營造出的場景。可記住一個公式：도시（城市）＝풍경

경치

主要用來表示山水等自然環境的風貌

정경

包含由自然、人物、建築、事物等營造的情境所喚起的浪漫或哀愁的氣氛、情緒、韻味等。適合用在強調「感性氛圍」的語境或文學作品之中

這幾個單字基本上都有「眼睛看見的場景」之意，並且都可以用來表示「大自然創造的景象」。

이 식당에서는 아름다운 풍경 / 경치 / 정경을 내려다보며 식사를 할 수 있어요.

在這間餐廳，你可以一邊用餐，一邊俯瞰美麗的風景。

저는 스위스 알프스를 보며 자연이 만들어 내는 아름다운 풍경 / 경치 / 정경에 감동했어요.

我看著瑞士的阿爾卑斯山，被大自然創造的美麗景色感動了。

우리 나라의 산은 겨울이면 흰 눈에 뒤덮여 더욱 아름다운 풍경 / 경치 / 정경을 이룹니다.

韓國的山一到冬天就會被白雪覆蓋，形成更美麗的風景。

「풍경」和「정경」不僅適用於自然景觀，也可以用於「由人、建築、事物營造出的場景」。相反的，「경치」主要用來表示「山水等自然環境的風貌」，所以如「수도 타이페이의 경치가 참 좋아요（首都臺北的景色真好）」這種表達方式是不自然的。各位只要想成都市（城市）= 풍경，就會簡單多了。

밤 기차 풍경 / 정경 (경치 X), 사무실 풍경 / 정경 (경치 X), 골목 풍경 / 정경 (경치 X)

夜間火車風景、辦公室風景、巷弄風景

대만 영화 <7 Days in Heaven> 은 대만의 장례 문화와 상갓집 풍경 / 정경 (경치 X) 을 담아 아버지와 딸의 사랑을 표현한 영화입니다.

臺灣電影《父後七日》，是一部捕捉臺灣葬禮文化及喪家風景的電影，表達了父親和女兒之間的愛。

아이들이 식당 안을 이리저리 뛰어다니며 소란을 피우는데도 자기 아이들을 단속하지 않는 부모들로 인해 사람들이 얼굴을 찌푸리는 모습은 그리 낯선 풍경 / 정경 (경치 X) 이 아니다.

孩子們在餐廳裡跑來跑去到處搗蛋，父母卻不管束自己的孩子，導致人們因此皺眉的樣子並不是那麼陌生的風景。

이 정원은 계절마다 다양한 풍경을 선사해 줘요.

這個庭院每個季節都會帶來不同的風景。

「정경」包含由自然、人物、建築、事物等營造的情境所喚起的浪漫或哀愁的氣氛、情緒、韻味等。因此，非常適合用在強調「感性氛圍」的語境或文學作品之中。

언제 생각해도 어릴 적 동네 골목 안 정경은 정겹고 그립습니다.

每當想起小時候鄰里巷弄裡的情景，總是覺得溫馨又懷念。

높고 푸른 하늘, 산들산들 불어 오는 바람, 길가에 하늘거리는 코스모스, 우리나라 시골 어느 곳에서나 볼 수 있는 아름다운 가을 정경입니다.

高高的藍天、徐徐吹來的微風、路旁搖曳生姿的波斯菊，這是韓國鄉村隨處可見的美麗秋景。

練習一下！

請寫出正確的內容。（一題可能有兩個以上的答案）

1. 이 호숫가에서는 아름다운 _____ 을 / 를 보며 산책을 즐길 수 있어요 .

2. 나는 저녁 노을이 칠한 도시의 _____ 에 홀딱 반했다 .

3. 설악산에 올라 _____ 을 / 를 보면 , 자연이 만들어낸 _____ 이 / 가 아름답고 경이롭기까지 하다 .

4. 우리 나라 야간 관광 도시 1 위인 '부산'의 _____ 은 / 는 환상적이다 .

5. 해변에서 바라본 일출의 _____ 은 / 는 정말 멋지다 .

6. 우리는 동화같은 마을의 _____ 을 / 를 사진으로 남겼다 .

7. 저는 파리 여행 중에 몽마르뜨 언덕에 올라 아름다운 도시 _____ 을 / 를 마음껏 감상했습니다 .

8. 봄의 _____ 은 / 는 새록새록 피어나는 꽃들로 가득 차 있어 생명의 시작을 알려주는 것만 같아 .

9. 우리는 대자연의 아름답고 장엄한 _____ 을 / 를 넋을 잃고 바라보았다 .

1. 경치或풍경
中譯 ｜ 在這個湖畔，可以一邊散步一邊欣賞美麗的風景。
解說 ｜ 在湖畔散步時看見的場景大多是自然景觀，也就是「풍경」和「경치」。

2. 정경
中譯 ｜ 塗上一抹晚霞的城市景色令我深深著迷。
解說 ｜ 「정경」一詞適合用來表達透過城市塗抹晚霞色彩的景象而呈現的浪漫氛圍和哀愁感。

3. 경치 / 풍경
中譯 ｜ 登上雪嶽山看風景，大自然創造的景色美麗而令人驚嘆。
解說 ｜ 主要用來指山景和大自然景色的「경치」，以及用來表示大自然創造之美景的「풍경」，兩者皆適用於在雪嶽山上看見的場景。不過，「경치」傾向於在開闊的地方欣賞一覽無遺的風景，而「풍경」則偏向於在固定的地點看著固定的景象，少了開闊的感覺。

4. 풍경
中譯 ｜ 作為韓國夜景觀光都市第一名的「釜山」，其景色如夢似幻。
解說 ｜ 城市的夜景通常是指建築物的照明和街道燈光等景象，所以不適合用意指大自然創造之景色的「경치」，因此此處要用「풍경」。如果要用「정경」來描述由人物、建築、事物等營造出的場景，則必須使用更抒情、更感性的表達方式。

5. 경치或풍경
中譯 ｜ 在海邊看到的日出景色真是太美了。
解說 ｜ 在海邊看到的日出場景指的是大海和日出的自然景觀，所以「경치」和「풍경」兩者皆可使用。

6. 풍경或정경
中譯 ｜ 我們用照片記錄下童話般的村莊風景。
解說 ｜ 풍경和정경皆可用來表示由人物、建築、事物等營造出的景象，如果是較抒情、感性的情境，就用「정경」；如果不是，就用「풍경」。

7. **풍경**

中譯｜我在巴黎旅行時登上蒙馬特高地，盡情欣賞了美麗的城市風光。

解說｜欣賞法國巴黎的城市景觀，通常是指由城市的美麗風貌、建築和城市環境營造出來的場景，由於在城市看到的景象並非自然景觀，而是人類系統化打造出來的樣貌，所以不適合用「경치」表達。應該根據「도시（城市）＝풍경」的公式使用「풍경」表達。

8. **정경**

中譯｜春天的景色充滿嶄新綻放的花朵，彷彿在通知我們生命的開始。

解說｜春天的面貌通常意味著新開的花朵和生命開始的象徵，由於是抒情、感性的內容，所以適合用「정경」。

9. **정경**

中譯｜我們出神地望著大自然美麗莊嚴的景象。

解說｜為了表達大自然所帶來的澎湃心情，所以採用「정경」一詞。如果只是單純用照片記錄大自然的風景、用文句留下去過那裡的記錄，或僅止於「親眼看到覺得不錯」的感受，就不會用「정경」，而會用「경치」或「풍경」表達。「경치」主要用於在較寬闊、開放的地方以全景模式慢慢地環顧四周時，而「풍경」主要用於在指定的地點有限地欣賞自然景觀時。

시골 / 촌 / 지방 / 지역

시골

遠離城市的地區。主要指人口比城市少、人為開發少,容易接觸到大自然的地方

촌

是「시골」的漢字詞。從語感上來看,指的是隸屬於시골之下、較小的村莊或群體

지방

原本是指國家中心城市以外的地區,但現實中一般是指首爾以外的地方城市

지역

指將整體社會根據某種特徵劃分的特定空間區域

1. 시골

1) 遠離城市的地區。主要是指人口比城市少、人為開發少，容易接觸到大自然的地方。

시골 사람 / 시골 생활 / 시골 풍경 / 그는 시골 출신이라 답답한 아파트 생활을 싫어한다.

鄉下人／鄉村生活／鄉村風景／他來自鄉村，所以討厭沉悶的公寓生活。

2) 離鄉來到城市的人用來指稱家鄉的詞。

나 이번 연휴에 우리 시골에 가서 할아버지 할머니도 뵙고 좀 쉬고 오려고.

這次休假我打算回老家探望爺爺奶奶，休息一下再回來。

2. 촌

是「시골」的漢字詞。從語感上來看，指的是隸屬於「시골」之下、較小的村莊或群體，經常用於「귀촌하다（歸村）」、「농촌（農村）」、「어촌（漁村）」、「산촌（山村）」等漢字詞組合。另外，根據說話時的語氣，可能會給人輕視、貶低的感覺，所以使用時要多加留意。

촌사람 / 촌 동네 / 촌스럽다

鄉下人、鄉巴佬（不空格：住在鄉下的人；為名詞，比喻沒見過世面和憨厚的人）／村落（要空格）／老土、俗氣

3. 지방(地方)

「지방」原本是指國家中心城市以外的地區，但在現實生活中，「지방」一般是指首爾以外的地方城市，因此它的反義詞是「서울（首爾）」、「수도권（首都圈）」或「대도시（大城市）」。與大城市相比，「지방」是規模相對較小的城市，通常主要以當地特產、產業或觀光景點而聞名。地方城

市也是城市，所以有各式各樣的產業及服務業，教育及醫療設施也很齊全，但與首都及重點城市略有差異。由於它讓人感覺帶有邊陲、次等的貶義，所以近來多用「지역」一詞代替。

例

지방 대학교 ➡ 지역 거점 대학교

地方大學 ➡ 地區大學

지방 도시 ➡ 지역 도시

地方城市 ➡ 地區城市

지방 사람 ➡ 다른 지역 사람

地方人 ➡ 其他地區的人

4. 지역(地域)

指將整體社會根據某種特徵劃分的特定空間區域。「지방」一詞作為與「수도권」或「대도시」相反的意思使用，因此可能會給人一種不如首都圈或大城市的感覺，所以最近比起「지방」，更常用「지역」一詞代替。雖然作為行政概念，「지방선거（地方選舉）、지방자치（地方自治）、지방대학（地方大學）、지방 국세청（地方國稅局）、지방법원（地方法院）」等用詞依然存在，但目前的趨勢正逐漸改用「지역선거（地區選舉）、지역자치（地區自治）、지역대학（地區大學）、지역 국세청（地區國稅局）、지역법원（地區法院）」等說法。

지역 감정 , 지역 이기주의

地域情感（根據自己的出身地排斥和厭惡其他地區的心理）、地域利己主義（NIMBY，鄰避效應）

請從「촌、시골、지역、지방」中選出正確的內容並寫下。（一題可能有兩個以上的答案）

1. 그는 _____ 출신이라 도시 생활을 좋아하지 않는다 .

2. 작은 마을에서 자란 그녀는 _____ 생활에 익숙하다 .

3. 그 동네는 전형적인 _____ 동네로 소문났다 .

4. _____ 에는 해당 _____ 특산물을 맛볼 수 있는 재래 시장들이 많다 .

5. 우리 _____ 에는 우리 _____ 의 문화와 역사를 경험할 수 있는 많은 관광 명소가 있다 .

6. 지금 나 _____ 사람이라고 얕보는 거야 ? 너네 서울 사람들은 서울 아니면 다 시골이냐 ?

7. 얼마 전 서울을 떠나 원주로 이사 간 유경은 _____ 사람들과의 교류를 통해 그 _____ 문화를 이해하며 그곳에 녹아 들기 시작했다 .

8. 이 마을은 _____ 의 아늑한 풍경과 조용한 분위기로 유명해요 .

9. 우리 가족은 _____ 에서 산촌 생활을 즐기며 행복하게 지내고 있어요 .

1. **시골**
   中譯｜他來自鄉下，所以不喜歡城市生活。
   解說｜一般會用「시골」來表示與「도시」相反的概念，「~ 출신（～出身）」
   的說法通常習慣用作「시골 출신」，不會用「촌 출신」。

2. **촌或시골**
   中譯｜在小村莊長大的她習慣鄉村生活。
   解說｜如果想表達熟悉在小村莊裡鄰里之間聚在一起生活的方式，就用「촌」；
   如果想表達習慣「與城市生活相反的生活方式」，就用「시골」。

3. **촌 동네**
   中譯｜該社區以典型的村落而聞名。
   解說｜此處可以用촌 동네（村落）來表示還沒發展起來的地方。

4. **지방 / 지역**
   中譯｜地方上有很多可以品嚐到當地特產的傳統市場。
   解說｜第一個空格指的是首爾以外，生產「特產」的地方，所以應填入「지방」；
   第二個空格只是單純表示生產該特產的「區域」，所以應填入「지역」。

5. **지역 / 지역**
   中譯｜我們這個地區有很多觀光景點，可以體驗這區的文化和歷史。
   解說｜用「지역」表示「我所居住的地方」，此時的「지역」不分是否為首爾地
   區，給人一種公平客觀的感覺。

6. **지방或촌**
   中譯｜你現在是小看我是鄉下人嗎？你們首爾人是不是覺得除了首爾之外都是
   鄉下？
   解說｜從「얕보다（小看、輕視）」一詞來看，表示說話者覺得自己被輕視、被
   瞧不起，所以應該使用「지방」，而不是相對給人公平客觀之感的「지
   역」。另外，也可以用帶有貶低意味的「촌」，來表示比「지방」更小的
   村莊、小鎮，「촌사람」是土包子的意思，作普通名詞使用。

7. **지역 / 지역**

中譯 | 不久前從首爾搬家到原州的宥京，透過與當地人的交流瞭解當地文化並開始融入那裡。

解說 | 由於不是指「與首爾相對的地方、受中央管理監督的地方」，只是單純表示該地區，所以用「지역」是對的。

8. **시골**

中譯 | 這個村莊以鄉村的幽靜風光和寧靜氛圍而聞名。

解說 | 此處適合用與城市形象相反，具有「悠閒寧靜的村莊」之意的「시골」。

9. **시골**

中譯 | 我們一家人在鄉下享受山村生活，過得很幸福。

解說 | 由於「산촌」的「촌」已經表示這是與城市相反的村莊，所以不該用意指非首爾地區「지방」或表示客觀劃分的區域的「지역」，應該使用「시골」。

얼굴 / 낯 (낯짝) / 낯빛 (얼굴빛) / 체면 / 면 (면상 / 면목)

얼굴

通常表示人或動物的臉（有眼睛、鼻子、嘴巴的正面部分）

낯짝

낯짝和면상是얼굴的貶義詞，可表示嘴臉，且낯짝的貶低意味遠比면상更嚴重

낯빛 (얼굴빛)

可用來表示一個人的心情或心理狀態。낯빛有別於낯，並沒有貶低的意味；얼굴빛則可用於正面意義，亦可用於負面意義

체면

代表「從一個人的名字或地位所期望的態度或立場」，且前提是正面的評價或名聲。不能用於犯下滔天大錯、聲望和名譽受損無法挽回的情況

면목

면목和낯是周圍人看到的「自己的評價或名聲」

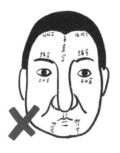

면상

主要只用於嘲諷或貶低某人時。另外特別注意中文的「面相」，韓文稱為「관상」

「얼굴」一般用來表示人或動物「眼睛、鼻子、嘴巴所在的頭部前方部分（正面）」，而「낯」、「낯짝」、「면상」只能用在人的身上。

아기들은 둥글고 선하게 생긴 아기 곰의 얼굴 표정을 좋아한다. 이는 곰 얼굴로 만든 모빌, 곰 인형 등이 꾸준히 잘 팔리는 이유이기도 하다.

孩子們喜歡小熊圓潤善良的臉部表情。這也是做成熊臉的吊飾、玩具熊等商品持續暢銷的原因。

'얼굴이 작다' 는 말이 한국에서는 칭찬이지만, 불쾌한 말이라고 생각하는 나라가 더 많다.

「臉小」在韓國是稱讚，但有更多國家認為這是冒犯的話。

除了上述意思外，「얼굴」和「낯」也有「高興、悲傷、憂慮等表露在外的表情」的意思，此時也可以寫作「얼굴빛」、「낯빛」。但是「낯짝」和「면상」是「얼굴」的貶義詞，不會用在與「表情」相關的說法。主要搭配使用的動語有「때리다（打）、차다（打）、갈기다（打）、후려치다（抽打）、주먹을 날리다（揮拳）」等。另外，「낯짝」的貶低意味遠比「면상」更嚴重。且「면상」和中文的「面相」意思截然不同。中文的面相，韓文叫作「관상」；「면상」主要只用於嘲諷或貶低某人的時候，如「어디 그 대단한 사람 면상 좀 봅시다（讓我看看那個人了不起的嘴臉）」、「그 잘난 면상 좀 비쳐 봐요（照一照那張了不起的嘴臉）」等。

회식 자리에서 싸움이 나자 신입 사원들의 얼굴 / 얼굴빛 / 낯 / 낯빛은 사색이 되었다.

聚餐場合上有人打架，新進員工的臉色都變了。

어디 그 잘난 낯짝 좀 봅시다.

讓我看看那了不起的嘴臉。

내가 그 제안을 거절하자 민수 씨는 실망한 얼굴 / 낯이 되어 돌아갔다.

我拒絕了那個提議，民秀就一臉失望的回去了。

웃는 낯에 침 못 뱉는다. (속담)

伸手不打笑臉人。（諺語，直譯為「無法向笑臉吐口水」）

동창들의 돈을 빌려간 후 갚지 않고 잠수를 탔던 영도가 뻔뻔스럽게도 고향에 다시 나타나 그 낯짝 / 면상을 내밀었다.

借走同學的錢不還就失聯的英道，厚顏無恥地重新出現在故鄉，露出了他的嘴臉。

하는 말마다 이기죽거리는 그 낯짝이 한 대 갈기고 싶을 정도로 화를 돋우었다.

他說的每一句話，都讓人氣得想賞他那張挖苦人的嘴臉一巴掌。

「얼굴」、「낯」和「낯짝」也可和「두껍다（厚）」、「뻔뻔하다（厚臉皮）」一起使用，用來比喻「一個人的本性厚顏無恥」。

그런 일을 저지르고도 다시 나타나다니 참 얼굴 / 낯 / 낯짝 (면상 X) 도 두껍군요.

做出那種事還敢再出現，還真是厚臉皮啊。

사람이 염치가 있지, 지금까지 빌린 돈도 갚지 못했는데 또 가서 돈을 꿀 만큼 내 얼굴 / 낯 / 낯짝 (면상 X) 이 그렇게 두껍지 않아.

做人要知廉恥，我到現在借的錢都還沒辦法還，我的臉皮還沒厚到能再去借錢。

기자들은 이번에도 뻔뻔한 얼굴 / 낯 / 낯짝 (면상 X) 으로 인터뷰를 하고 사진을 찍어댄다.

記者們這次也厚著臉皮進行採訪和拍照。

「얼굴」、「체면」、「낯」、「면목」都可作抽象意義使用，意思是「眾所周知的評價或名聲」。

이번 프로젝트를 성공시킨 것이 지수 씨의 얼굴 / 체면 / 낯 / 면목을 세워 줬어요.

這次的企劃很成功，讓智秀小姐臉上增光。

작업 첫날부터 어리숙한 모습을 보이다니 얼굴 / 체면 / 낯 / 면목이 서질 않습니다.

從工作第一天開始就展現愚蠢的一面，我都沒臉見人了。

「얼굴」和「체면」指的是周遭人們看到的「評價或名聲」，「낯」和「면목」則是周遭人們看到的「**自己（主詞為第一人稱）**的評價或名聲」。因此可以說「아버지의 얼굴, 아버지의 체면을 봐 주는 것（看在爸爸的面子上、給爸爸面子）」，但不能說「아버지의 낯, 아버지의 면목을 봐주는 것」。除此之外，「얼굴」用來表示評價或名聲時，立場是中立的，可以用在「犯錯、考量聲譽等情況」，但「체면」**必須是在有**正面評價或名聲前提下，才可以使用。

네 아버지의 얼굴 / 체면을 봐서라도 이번 사업은 꼭 좀 성공 시키거라.

就算是看在你爸爸的面子上，也一定讓這次的事業成功。

수영이가 내 얼굴 / 체면을 생각했다면 이런 식으로 일을 망칠 수는 없지.

如果秀英有考慮到我的面子，就不會用這種方式把事情搞砸。

이렇게 큰 죄를 지었는데 무슨 낯 / 면목 / 얼굴 (체면 X) 으로 감히 용서를 바라겠습니까?

犯下這麼嚴重的罪，還有什麼臉來請求原諒？（＝犯下大錯的情況。在難以期待有正面評價或名聲的情況下，可以用「얼굴」，但不能用使用前提為「肯定會有」正面評價或名聲的「체면」。）

所以「체면」代表「從一個人的名字或地位所期望的態度或立場」，且前提是正面的評價或名聲。因此，「체면」不能用於犯下滔天大錯、聲望和名譽受損無法挽回的情況。

우리 사이에 무슨 체면을 차려요. 가족처럼 편하게 지내는 거지.

我們之間哪講什麼面子，就像家人一樣自在地相處。

본부장 님이 질문을 받고 곤란한 표정을 지으셨다. 본부장님의 체면을 생각해서 재빨리 화제를 돌렸다.

本部長被問到後露出為難的表情，我顧及本部長的面子，趕緊轉移了話題。

另一方面，「낯」和「면목」代表的是別人看到的「自己的評價或名聲」，通常用於消極或貶低的情況，與「서지 않다、세울 수 없다、없다」等否定形式一起使用。

너를 마주할 낯 / 면목이 없다.

我沒臉見你。

내가 어떻게 네 앞에 나타나겠어. 너를 볼 낯 / 면목이 없어.

我怎麼敢出現在你面前，我沒臉見你。

이제와서 어떻게 낯 / 면목을 세우겠습니까. 처분을 받아들이겠습니다.

事到如今，我哪還有臉見人，我會接受處分的。

請選出能夠替換底線單字的選項。（一題可能有兩個以上的答案）

1. 유경 씨가 하루 종일 근심이 가득한 <u>얼굴</u>을 하고 있어서 좀 걱정이 돼요.
   a. 낯빛   b. 얼굴빛   c. 면목   d. 낯   e. 체면

2. 뻔뻔하기로 유명한 준수 씨는 친구의 돈을 빌리는 자리에서도 두꺼운 <u>얼굴</u>로 이야기를 이어갔다.
   a. 낯짝   b. 얼굴빛   c. 면목   d. 낯   e. 체면

3. 여기가 어디라고 그 <u>얼굴</u>을 들이밀어? 나한테 한 짓 잊었어?
   a. 낯짝   b. 얼굴빛   c. 면목   d. 낯   e. 낯빛

4. 유진 씨는 비록 그 일을 잘 해내지 못했지만, 최소한의 <u>체면</u>은 지킬 수 있었다.
   a. 낯   b. 얼굴   c. 면상   d. 면   e. 낯빛

請寫出正確的內容。（一題可能有兩個以上的答案）

5. 이번 한 번만 내 _____ 좀 세워 줘. 다시는 이런 부탁 안 할게.

6. 무슨 좋은 일 있어요? 요즘 _____ 이/가 좋네요!

7. 수아 씨는 마치 큰 비밀을 들킨 것처럼 _____ 이/가 새파랗게 변했다.

8. 사장님의 기대에 부응하지 못해 정말 죄송합니다. 정말 _____ 없습니다.

9. 저는 _____ 을/를 많이 가려서, 처음 만나는 사람들이 많은 자리는 좀 불편해요.

10. 명우는 늘 웃는 _____ 여서 / 이어서 주변에 사람이 끊이지 않는다 .

11. 수진 씨는 전화를 받자마자 _____ 이 / 가 급격히 안 좋아졌다 .

1. **a. 낯빛、b. 얼굴빛**

   中譯｜有景整天愁眉苦臉的，讓人有點擔心。

   解說｜表示一個人的心情或心理狀態時，要用「낯빛」、「얼굴빛」，也可以用「얼굴색」。在這種情況下，「낯빛」有別於「낯」，並沒有貶低的意味，不過經常用於낯빛이 어둡다（面色陰沉）、낯빛이 좋지 않다（臉色不好）等負面意義。「얼굴빛」則可用於正面意義，亦可用於負面意義。

2. **a. 낯짝、d. 낯**

   中譯｜以厚臉皮著稱的俊秀，連在向朋友借錢時也厚著臉皮講個不停。

   解說｜「뻔뻔하다（厚臉皮）」這個形容詞有負面含意，所以適合用「얼굴」的貶義詞「낯」或「낯짝」。

3. **a. 낯짝**

   中譯｜你以為這是什麼地方，竟然敢出現？你忘了你對我做的事嗎？

   解說｜這是在吵架時會說的話，帶有「어떻게 감히（怎麼敢、竟敢）」的語感，可以看出說話者將自己和對方分出地位高低的態度。而且這是認為對方有錯時才會說的話，所以適合用「낯짝」。

4. **d. 면**

   中譯｜雖然友珍沒辦好那件事，但至少能保住面子。

   解說｜「체면」可替換成「면」，通常用作「면을 세우다（給面子）」、「면을 지키다（保住面子）」、「면이 서다（有面子）」等形式使用。

5. **체면、면**

   中譯｜這一次就給我個面子，我再也不會拜託你這種事了。

   解說｜適合接「세우다」這個動詞的單字是「체면」和「면」。

6. **얼굴빛、얼굴、얼굴색**

   中譯｜有什麼好事嗎？你最近臉色很好呢！

   解說｜「얼굴빛」、「얼굴」、「얼굴색」皆可用於此處。不過這句話有「正面含意」，所以不適用「낯빛」。

7. **얼굴、얼굴빛、낯빛**
   中譯｜秀雅彷彿被發現天大的祕密一樣，臉色都發青了。
   解說｜「얼굴」、「얼굴빛」、「낯빛」皆可用於此處。此外，用「顏色」表達
   的說法大多為負面含義，如「얼굴이 파래지다（臉色發青）」、「얼굴이
   빨개지다（臉紅）」、「얼굴이 노래지다（臉色發黃）」、「얼굴빛이 어
   둡다（臉色暗沉）」等。

8. **면목**
   中譯｜沒能達到社長的期待，真的很抱歉，我真是沒臉見您。
   解說｜當需要謙虛地貶低自己、向某人承認錯誤並道歉時，會用「면목이 없다
   （沒臉見人）」這種說法來表達。

9. **낯**
   中譯｜我很怕生，所以在有很多初次見面的人的場合會有點不自在。
   解說｜「낯을 가리다」是一種慣用表達，意思是很怕生。

10. **낯、얼굴**
    中譯｜明秀總是笑嘻嘻，所以身邊總是有許多人。
    解說｜如果用「낯」，就意味著說話者輕視明秀或認為他好欺負，所以最好避
    免使用，最適合的用詞是「얼굴」。

11. **얼굴빛、낯빛、얼굴**
    中譯｜秀珍一接電話，臉色就頓時變差了。
    解說｜除了얼굴빛、낯빛、얼굴之外，還有「안색이 안 좋아지다」的說法。

가격 / 값 / 요금 / 금액 / 비용

가격
購買物品或服務時需支付的金額

값
買賣某物時必須支付的金額多寡或錢

요금
使用特定服務和商品時需支付的費用，通常用來表示交通、通訊等費用

금액

某項支出或收入的總額

비용

為了達成某種目的而投入的所有
資金

1.가격（price）

| 「가격」指的是購買物品或服務時需支付的金額。

이 자전거의 가격은 2 만 NTD 입니다.

這台自行車的售價是 2 萬台幣。

이 옷은 다른 가게보다 가격이 더 싸요.

這件衣服的價格比別家店更便宜。

이 차는 가격이 너무 비싸서 살 수 없어요.

這輛車的價格太貴了，我買不起。

필통에 가격이 안 써 있어서 얼마인지 알 수가 없어요.

鉛筆盒上沒有標價，所以不知道多少錢。

2.값（price、value）

| 「값」指的是買賣某物時必須支付的金額多寡或錢，可以和「가격」替
換使用。另外，用來表示某物品或服務具有的好處或重要性時，可以和
「가치」替換使用。

신발 값이 비싸다.

鞋子定價很貴。

도깨비 시장에서 싼 값에 옷을 샀다.

我在新奇物品市場（賣各種商品、二手物品、古玩等喧鬧的市場）用便宜的價格買了衣服。

엄마 심부름을 하고 심부름값을 받았다.

我幫媽媽跑腿，收到了跑腿費。

이 문화재는 값을 매길 수 없는 소중한 것이다.

這件文物是無價之寶。

3.요금（fee、fare）

「要金」指的是利用或使用特定服務和商品時需支付的費用，通常用來表示與交通（公車、計程車、航空）、通訊（手機、網路）等有關的費用，或與此相關的其他服務收費。

이 휴대폰 요금이 왜 이렇게 비싼 거죠?

這個手機通話費怎麼這麼貴？

이번 달 전기 요금은 얼마인가요?

這個月的電費是多少？

요금을 결제하고 탑승하세요.

請於付費後搭乘。

4.금액（amount）

「金額」指的是某項支出或收入的總額，被標明在文件上的數字是「金額」或是「總額（總額）」。

지불해야 하는 금액이 많이 늘었어요.

需要支付的金額增加了許多。

이번에 송금한 금액은 총 $1,000 입니다.

這次匯款的金額總共 1,000 美元。

올해 집을 사기 위해 은행에서 대출 받은 주택 대출 금액은 총 4 억 5 천만원이다.

今年為了買房而向銀行借的房貸，金額共計 4 億 5 千萬韓元。

5.비용（cost）

「費用」指的是為了達成某種目的而投入的所有資金，價格、費用、人工費、原料費等成本都包括在內。

비용 절감 / 비용 감소 / 비용 상승 / 기회 비용 / 결혼 비용 / 이사 비용
節省成本／成本減少／成本增加／機會成本／結婚費用／搬家費用

이 프로젝트를 완수하는 데 필요한 비용을 계산해 봅시다.
讓我們計算一下完成這個專案所需的成本費用。

우리는 비용을 절감하기 위해 다방면으로 노력을 기울였어요.
我們為了節省成本付出了多方的努力。

이 회사는 생산 비용을 줄이기 위해 해외로 생산 공장을 이전했습니다.
該公司為了降低生產成本，已將生產工廠遷移至海外。

예체능 전공은 예상보다 더 많은 비용이 들어갑니다. 마음의 준비를 해야 해요.
主修藝術體育要投入的費用高於預期，必須做好心理準備。

請寫出正確的內容。

1. 어제 산 옷의 _____ 은 / 는 25,000 원이다 .

2. 요즘 집 _____ 이 / 가 너무 올라서 집을 살 엄두도 못 낸다 .

3. 코로나 19 가 끝나가는데도 비행기 _____ 은 / 는 떨어질 생각 을 하지 않는다 .

4. 이 프로젝트를 완료하는 데 드는 _____ 을 / 를 계산해 봅시다 .

5. 이 호텔에서 하룻밤 숙박하는 데 필요한 _____ 은 / 는 얼마인 가요 ?

6. 한 달동안 내가 쇼핑으로 쓸 수 있는 _____ 은 / 는 20 만원 정 도야 .

7. OTT 서비스의 이용 _____ 이 / 가 이전보다 인상되었습니다 .

8. 지난 달부터 택시 _____ 이 / 가 1,000 원 올랐어요 .

解答

1. **가격**
   中譯｜昨天買的衣服價格是 25,000 韓元。
   解說｜表達需支付的金額多寡時，應該使用「가격」。

2. **값**
   中譯｜最近房價漲得太兇，買房的事我連想都不敢想。
   解說｜집값（房價）、차값（車價）等物價，或是屬於私人財產的高額商品，就 用「값」。

3. **요금**

中譯 | 儘管新冠疫情即將結束，飛機票價仍不打算調降。

解說 | 在不是「購買」，而是「使用」計程車、公車、飛機、火車等大眾運輸工具時，用的是「요금」。

4. **비용**

中譯 | 讓我們計算一下完成這個專案所需的成本費用。

解說 | 在這句話裡，完成專案是執行動作的目的，為了達成某種特定目的需要使用的錢，全都稱為「비용」。因此，先用個人的錢支付因執行公務而產生的費用後，為了重新領回這筆錢，就必須報公帳，向公司申請「비용청구（報銷費用）」。

5. **비용**

中譯 | 在這家飯店住一晚需要多少錢？

解說 | 「숙박하는 비용（住宿的費用）」簡稱為「숙박비（住宿費）」，所以在這個句子裡，用「비용」是很自然的。

6. **금액**

中譯 | 我一個月可以花在購物的金額大約是 20 萬韓元。

解說 | 生活費、零用錢等需要在一定時間內支付的金錢總額，還有為了記錄這些而寫在紙上的數字，可用「금액」或「총액」來表示。

7. **요금**

中譯 | OTT 服務的使用費較之前有所調漲。

解說 | Netflix、Disney+ 等 OTT 服務商品必須付費才能使用，由於是使用需定期付費的服務，所以答案是「요금」。

8. **요금**

中譯 | 自上個月起，計程車費用調漲了 1,000 韓元。

解說 | 大眾運輸工具「計程車」的使用費上漲，所以答案是「요금」。「이용료（使用費）」的「료」就是「요금」的「요」。

장래 / 미래 / 앞날 / 훗날 / 나중

장래

指的是自己或個人即將迎來的未來

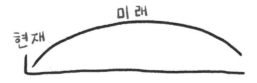

미래

包括往後即將到來的所有歲月，
它所指的時間比장래更長更遠

앞날

可指往後即將到來的日子、未來的人生道路，或是到既定時間為止剩下的日子、可預測的日子

훗날

一般指從已經存在的時間點經過一定時間後到來的某一天，或是遙遠的未來

나중

表示先後關係中的後者；反義詞為 먼저

1. 장래&미래

「장래」指的是自己或個人即將迎來的未來，以及往後將朝我迎來的可能性。是在某人的人生中即將經歷的未來。此外，它意味著比一般的「미래」更近的未來，也就是在某種程度上可預測的未來。

而「미래」則包括往後即將到來的所有歲月，因此它所指的時間比「장래」更長更遠。另外，「미래」指的是單純的時間點、即將到來的時間。並不是指某個人的人生，或是特定個人要面臨的未來。因為對人類而言，未來可能是一千年後、一萬年後，但對於個人來說，未來最長也只有一百年。

오늘은 어제의 미래 (O), 오늘은 어제의 장래 (X)
今天是昨天的未來。

미래에 가지고 싶은 직업 = 장래희망 (O), 미래희망 (X)
未來想從事的職業＝未來志向

2. 앞날

這是可以綜合「미래」和「장래」的詞彙，它可以直接指稱往後即將到來的日子、未來的人生道路，或是那一天。同時也可以指「到既定時間為止剩下的日子」、在某種程度上可預測的日子。

우리나라의 미래가 (앞날이 O) 청년들의 어깨에 달려 있다 .
我們國家的未來背負在年輕人的肩上。

앞날을 미리보는 사람이 있다고는 하지만, 우리 모두 앞날을 정확히 예측할 수는 없는 거 아닌가요?
儘管有人可以預見未來，但我們都無法準確地預測未來不是嗎？

앞날이 캄캄하다
前途茫茫（因不知道未來會如何而感到茫然）

앞날이 창창하다

前途光明（主要用來形容年輕人）

앞날이 걱정이다

前途堪憂（擔心即將到來的未來）

3. 훗날（日後）

> 一般是指從已經存在的時間點經過一定時間後到來的某一天，或是遙遠的未來。另外，在敘述已經發生的過去的事情時，描述在過去的某個時間點尚未發生的事情時，也可以用「훗날」。

아인슈타인은 12 살 때 이미 미적분을 혼자서 공부했다고 합니다. 이 아이는 훗날 세계적인 물리학자가 되었지요.

據說愛因斯坦十二歲時就自己學習微積分，這個孩子日後成了世界級的物理學家。

훗날을 기약하다

相約日後

민수는 아버지를 보면서 훗날의 자기 모습을 보는 것 같아 씁쓸했습니다.

民秀看著父親，彷彿看到了自己將來的模樣，心裡感到有些苦澀。

어느 쪽이 옳고 그른지 훗날 역사가 증명해 줄 것이다.

孰是孰非日後歷史將會證明。

너무 눈앞의 이익만 보지 말고 거시적으로 볼 줄 아는 안목을 길러 훗날에 대비해야 해.

不要只看眼前的利益，應該要培養宏觀的視野，為未來做好準備。

4. 나중（反義詞：먼저）

> 指過了一段時間後、先做完其他事情後、順序上或時間上的最後，用於表示先後關係中的後者。

例

나중에 또 봅시다!

以後再見吧！

먼저 이 일을 마치고, 나중에 시간이 되면 그 일을 처리하겠습니다.

先做完這件事，以後有時間再處理那件事。

이건 네가 선택한 일이니까 나중에 후회하지 마라.

這是你做出的選擇，以後不要後悔。

저는 어려운 문제를 제일 나중으로 미루는 습관이 있어요.

我習慣將困難的問題拖到最後。

밥이 너무 많아요. 절반은 덜어뒀다가 나중에 먹을게요.

飯太多了。我先盛出一半，以後再吃。

請寫出正確的內容。（一題可能有兩個以上的答案）

1. 새로운 기술의 발전으로 우리의 생활은 점차 더 나은 _____ 을 / 를 향해 나아가고 있다 .

2. 이 계획이 성공하면 나의 _____ 이 / 가 밝아질 게 분명해 .

3. 청소년들이 자신의 _____ 을 / 를 계획하는 것이 정말 중요하다고 말하지만 , 사실 청소년기에 내 장래를 계획하고 내가 뭐가 되고 싶은지 확실히 안다는 것 자체가 좀 어불성설 아닌가요 ?

4. 이곳은 친환경 도농복합도시로 이곳 사람들 모두가 _____ 이곳이 여전히 자연과 함께하는 모습을 유지하는 마을로 기억되기를 바란다 .

5. 지금은 그 일을 다른 사람에게 맡기고 , _____ 에 시간이 생기면 다시 도전하면 되지 .

6. 지금은 힘들지만 , 언젠가는 좋은 _____ 를 맞이하게 될 거야 .

7. 현재의 결정이 _____ 에 큰 영향을 끼칠 수 있다는 것을 명심해야 합니다 .

8. 그 회사는 지속 가능한 경영을 위해 _____ 비전에 대한 전략을 수립하고 있다 .

9. _____ 의 불확실성에 얽매여 걱정하느라 시간을 보내지 말고 , 현재에 집중하라 .

10. 오늘은 너무 바쁘니까 , 이 일은 _____ 에 처리하도록 하자 .

解答

1. 미래
中譯│隨著新技術的發展，我們的生活正逐步邁向更美好的未來。
解說│意指對不具體的未來歲月的期待，所以適合用能夠同時涵蓋長時間後和短時間後的「미래」。

2. 앞날或미래
中譯│如果這個計劃成功，我的未來肯定會一片光明。
解說│意指往後即將到來的日子、我未來的人生道路、在那一天看到了希望，可以從「如果這個計劃成功」的說法得知，此句意味著對某種程度上可預測的未來之期待，因此可以用「앞날」。另外，也可以用涵蓋範圍更廣的「미래」來表示。

3. 장래或앞날
中譯│雖說青少年規劃自己的未來確實很重要，但事實上在青少年時期規劃自己的未來並明確知道自己想成為什麼樣的人，本身就是天方夜譚不是嗎？
解說│近在眼前的「即將到來的時間」、「可以憑自己力量規劃的」不久後的將來，都可以用「장래」或「앞날」來表示。對於出路、升學、就業等需要「努力」的事情，可以用「장래」來表達；如果想在此強調「某種程度上可以預測的日子」之意，就用「앞날」。

4. 훗날
中譯│這裡是友善環境的都農複合型城市，這裡的每個人都希望日後此處仍能被人銘記是一座保留與自然共存之面貌的城鎮。
解說│此處適合用「훗날」，表示從已經存在的時間點往後推的未來概念。從內容來看，農都複合型城市已經形成，由於是以其形成的時間點為基準，對尚未到來的時間之期待，所以適合用「훗날」。

5. 나중
中譯│現在先將那件事交給其他人，以後有時間再挑戰就行了。
解說│「지금은 그 일을 다른 사람에게 맡기고」表示在當下的時間點已經決定先將那件事交給其他人。因此，這句話的意思是由於時間不足或有其他需要優先處理的事項，就當下的情況難以進行挑戰，往後有時間的時候會再挑戰，所以可以用「나중에」來表示當下的決定和今後的處理計畫。

6. **앞날**

   中譯｜雖然現在很累，但總有一天會迎來美好的未來。

   解說｜用「좋은 앞날」表達在相對較近的未來會出現美好景況的意思。

7. **미래或훗날**

   中譯｜要記住，現在的決定可能會對未來產生重大的影響。

   解說｜句子用了「과거（過去）－현재（現在）－미래（未來）」中的「현재（現在）」一詞，所以使用與之相反的概念「미래」是很自然的。另外，「훗날」一詞指的是「未來中相對較遠的未來」，表示從已經存在的時間點往後推的更遠的未來，因此使用「훗날」可以強調現在的決定可能會從已經存在的時間點影響更遙遠的未來。無論是要使用與現在相反的概念「미래」，還是想進一步表達「在現在的決定已經存在的狀態下，此決定可能會對即將到來的時間產生影響」，只要根據自己的意思選擇用詞即可。

8. **미래**

   中譯｜該公司為了永續經營，正在制定未來展望的策略。

   解說｜意指對一般即將到來的時間之規劃和策略，所以要用涵蓋範圍最廣的「미래」一詞。

9. **미래**

   中譯｜不要糾結於未來的不確定性，將時間浪費在擔心上，要專注於現在。

   解說｜使用和「현재（現在）」一詞相反的概念「미래」是很自然的表達方式。此外，與「불확실성（不確定性）」一詞相稱的單字也是「미래」，它涵蓋了往後即將到來的所有歲月。

10. **나중**

    中譯｜因為今天太忙了，這件事以後再處理吧。

    解說｜從「오늘은 너무 바쁘니까（因為今天太忙了）」來看，意思是當下有其他事情要處理，所以沒有時間立即處理這件事。另外，由於帶有雖然現在難以處理，但計畫要在日後有時間或情況改變時處理該事的含義，因此適合使用在事情的先後關係中表示後者的「나중」。

보수 / 봉급 / 월급 / 임금 / 페이

皆表示「作為工作報酬收到的錢」。但봉급、월급和임금主要是指「定期領取的薪資」，而보수和페이主要用於「非定期領取的薪資、不規則或一次性收入」

這幾個單字的意思都是「作為工作報酬收到的錢」，보수 / 봉급 / 월급 / 임금 / 페이漢字詞與字源分別為報酬／俸給／月給／賃金／ pay。

내가 일하는 곳은 일이 힘든 만큼 보수 / 봉급 / 월급 / 임금 / 페이를 많이 준다.

我工作的地方，工作有多辛苦就給多少薪水。

직원들은 회사에 보수 / 봉급 / 월급 / 임금 / 페이 인상을 요구했다.

員工要求公司調漲薪水。

유진 씨는 지금 일하고 있는 곳의 보수 / 봉급 / 월급 / 임금 / 페이가 좀 낮은 편이라서 이직을 생각하고 있어요.

由於目前的職場薪水較低，所以友珍正在考慮換工作。

1) 「봉급」、「월급」和「임금」主要是指定期領取的薪資，而「보수」和「페이」主要用於非定期領取的薪資、不規律收入和一次性收入。

우리 회사는 아무리 오래 일해도 봉급 / 월급 / 임금을 인상해 주지 않아요. (보수 X, 페이 X)

我們公司無論工作再久也不會加薪。

우리 아버지는 몇 십 년 동안 한 회사에서 일을 하셨고, 회사에서 받은 봉급 / 월급 / 임금을 꾸준히 모아 집도 장만하셨어요. (보수 X, 페이 X)

我爸爸在一家公司工作了幾十年，持續將從公司領到的薪水存起來，連房子都買了。

하루 일한 것 치고는 보수 / 페이가 좋았다. (봉급 X, 월급 X, 임금 X)

以工作一天來看，薪水很不錯。

3 주만 일했는데도 사장님이 한 달 치 보수 / 페이를 주셔서 너무 감사했어요. (봉급 X, 월급 X, 임금 X)

雖然只工作了 3 週，但社長還是給了一個月的薪水，真是太感謝了。

영민 씨는 이번 일의 페이가 너무 적다고 불평을 했다.

英敏抱怨這次工作的薪水太少了。

그 회사는 최저임금보다 높은 금액을 지급한다.

那家公司支付高於最低工資的金額。

동완 씨는 일주일에 40 시간을 일하고 높은 임금을 받는 좋은 회사에 다니고 있습니다.

東煥在一家每週工作 40 小時，薪水很高的好公司上班。

이 회사는 경영진들이 평균 임금의 20 % 를 받는다.

這家公司的管理階層領平均薪資的 20%。

우리는 이번 해에 일하는 모든 사람들에게 임금을 올리기로 결정했다.

我們決定今年要調漲所有工作人員的薪資。

2) 「봉급」雖然沒有規定時間，但通常是按月支付，所以跟「월급」沒有太大區別。「봉급」比較像是以前的說法，所以現在不常使用，現在比較常用的是「월급」。

나는 첫 월급을 타자마자 부모님께 용돈을 드렸다.

我一拿到第一筆薪水，就給父母零用錢了。

저는 지금 월급이 석 달 째 밀려서 카드값과 각종 공과금도 못 내고 있어요.

我的薪水到現在已經被拖欠了三個月，所以我連卡費和各種公共事業費用都繳不出來。

3) 「임금」主要用於專業領域。

임금법 / 임금 인상 / 임금 관련 정책 / 임금 제도 / 임금 협상

工資法／調漲工資／薪資相關政策／薪資制度／薪資協商

노사 양측이 임금 협상을 타결하고 나서야 파업이 끝났다.

直到勞資雙方就薪資協商達成協議，罷工才結束。

정부는 해마다 힘들게 일하는 노동자들을 위해 임금 안정화 정책을 펴고 있습니다.

政府每年都在為辛苦工作的勞工推行薪資穩定政策。

練習一下！

請選出正確的內容。（一題可能有兩個以上的答案）

1. 선생님 , 다음 주에 해 주실 통역 일은 총 8 시간동안 진행되며 , 점심은 도시락으로 드릴 거예요 . 원하시는 (보수 / 봉급 / 월급 / 임금 / 페이) 을 / 를 제시해 주세요 .

2. 민수 씨가 회사에서 받는 (보수 / 봉급 / 월급 / 임금 / 페이) 은 / 는 경력과 능력에 비해 좀 낮은 것 같아요 .

3. 민선 씨는 아이들을 키우느라 전업 주부로 지냈다가 얼마 전부터 파트 타임으로 일을 하는데 , (보수 / 봉급 / 월급 / 임금 / 페이) 이 / 가 많지는 않지만 만족스럽다고 해요 .

4. 내가 한 일에 대해 적절한 (보수 / 봉급 / 월급 / 임금 / 페이) 을 / 를 받아야 일할 맛이 나요 .

5. 저는 2 년마다 한 번씩 회사와 계약을 하는 비정규직인데 , 이번 (보수 / 봉급 / 월급 / 임금 / 페이) 협상 때에는 요구 사항을 좀 더 적극적으로 타진해 봐야겠어요 .

6. 내 인생 첫 (보수 / 봉급 / 월급 / 임금 / 페이) 은 / 는 전부 다 학자금 상환에 쓰였다 .

7. 연차가 쌓이면 (보수 / 봉급 / 월급 / 임금 / 페이) 도 올라요 .

8. 제 (보수 / 봉급 / 월급 / 임금 / 페이) 은 / 는 매달 230 만원인데 , 세전 금액이라 세금 다 떼고 나면 실수령액은 205 만원 정도예요 .

9. 우리 가게 알바생들의 (보수 / 봉급 / 월급 / 임금 / 페이) 은 / 는 2 주에 한 번 지급돼요 .

1. **페이**
   中譯｜老師，下週的口譯工作將進行 8 小時，中午會提供便當，請提出您的薪資要求。
   解說｜這是一次性的工作，而且不是定期領取的薪水，所以適合用「페이」。「보수」在語感上有一種上位者給下位者的感覺，所以口譯委託人對口譯老師使用這樣的詞並不恰當。

2. **(봉급)、월급、임금**
   中譯｜敏秀從公司領到的薪水，跟他的經歷和能力相比似乎有點低。
   解說｜雖然「봉급」感覺像是上了年紀的人才會用的「很老的詞」，但使用這個單字並沒有問題。而「經歷」和「能力」是需要一定時間來評估的，可見這並不是一次性的工作，因此適合用「월급」和「임금」。

3. **페이**
   中譯｜敏善為了撫養孩子，一直是全職主婦，不久前開始做兼職工作，雖然薪水不多，但她很滿足。
   解說｜因為不是全職，是兼職工作，大家可能會以為用「페이」和「보수」都可以，但因為是付給在養育孩子的大人的薪水，用「上位者給下位者的語氣」並不恰當，所以最適合的說法是「페이」。

4. **보수、봉급、월급、임금、페이**
   中譯｜要得到與我所做的工作相當的報酬，工作才會有意思。
   解說｜這裡指的是「工作所得到的錢」、「作為工作代價收到的錢」，所以五個單字都可以使用。

5. **임금**
   中譯｜我是每兩年和公司簽一次約的非正式員工，這次協商薪資的時候，必須更積極地試探要求事項。
   解說｜和公司簽約時會擬定書面合約，所以此處適合選用於正式和專業領域的「임금」。

6. **월급**
   中譯｜我人生的第一筆薪水全都用來償還學費了。
   解說｜「인생 첫 월급（人生第一筆薪水）」是一種慣用表達，表示有生以來第一次「以月為單位」收到的工作報酬。可用於完成學業後正式就業，或是根據個人需求開始打工後做滿「一個月」拿到報酬的時候。

7. **보수、봉급、월급、임금、페이**
   中譯｜隨著年資的累積，薪水也會跟著上漲。
   解說｜所謂的「年資」就等於累積「經歷」，這五個單字都可以使用，意思是作為工作代價得到的錢。

8. **(봉급)、월급**
   中譯｜我的月薪是每月 230 萬韓元，但由於這是稅前金額，稅後實領金額約在205 萬韓元左右。
   解說｜這是在說我的工作報酬一個月能拿到多少錢。由於「봉급」這個字感覺有點老，所以也不一定要用它。可與세전（稅前）、세후（稅後）、실수령액（實領金額）等單字一起使用的是「월급」和「연봉（年薪）」。

9. **보수、페이**
   中譯｜我們店裡兼職人員的薪水是每兩週付一次。
   解說｜「알바생」是「아르바이트생」的簡稱，由於是非正式員工的臨時契約人員，所以這裡說的不是定期收到的錢，而是根據不時提供的勞力獲得的錢，適合用「보수」或「페이」，另外通常跟「아르바이트（打工、兼職）」一起使用的單字是「페이」。

메다 / 매다

메다

表示將某種物品掛在或放在肩膀上

매다

意指將兩股繩子或帶狀物交叉打
結綁起來，綁好後不會鬆開

1. 메다

表示將某種物品掛在或放在肩膀上。可用於「가방을 메다（揹包包）」、「총을 메다（揹槍）」、「총대를 메다（為大家出面、承擔責任）」、「카메라를 메다（揹、扛攝影機）」等。

엄마 : 민수야, 가방을 그렇게 한쪽으로만 메면 자세가 비뚤어져서 나중에 허리가 아플 수도 있어. 그러니까 양쪽 어깨에 번갈아가면서 가방을 메거라.

민수 : 네, 엄마. 저도 요즘 제 어깨가 한쪽으로 좀 기울어진 것 같아서 신경 쓰고 있어요.

媽媽 : 民秀，如果總是那樣用同一邊揹包包，以後可能會因姿勢變歪而腰痛。所以你應該輪流用兩邊肩膀揹包包。

民秀 : 好，媽媽。我最近也覺得自己的肩膀有點歪一邊，所以很在意。

모두 머뭇거리기만 하고 선뜻 나서지 못할 때, 총대를 메고 나선다는 것은 대단히 용기있는 일이다.

在所有人都猶豫不決，不敢挺身而出時，出面承擔責任是一件非常有勇氣的事。

카메라 감독들은 무거운 카메라를 메고 일을 할 때가 많아.

攝影師們經常扛著沉重的攝影機工作。

2. 매다

意指將兩股繩子或帶狀物交叉打結綁起來，綁好後不會鬆開。可用於「넥타이를 매다（繫領帶）」、「안전벨트를 매다（繫安全帶）」、「운동화 끈을 매다（綁鞋帶）」等。

민지 : 선빈아, 너 운동화 끈 풀렸어, 얼른 매! 그러다가 넘어져.

敏智 : 善彬，你的鞋帶鬆開了，快綁好！那樣會跌倒的。

택시나 고속버스 같은 대중교통을 이용할 때는 탑승 후 반드시 안전벨트를 매야 합니다.

搭乘計程車或國道客運等大眾運輸工具時，上車後務必繫好安全帶。

請選出正確的選項。

1. 코트를 입을 때 , 허리에 달려 있는 벨트를 어떻게 매 / 메야 할 지 매 번 고민된다 . 뒤로 매 / 멜까 , 앞으로 매 / 멜까 ?

2. 생수를 배달해 주시는 배달원을 보면 , 정말 대단하다고 느껴 . 엘리 베이터가 없는 건물에서는 양쪽 어깨에 20L 짜리 생수통을 하나씩 매고 / 메고 계단을 오르시잖아 .

3. 배낭 하나 매고 / 메고 떠났던 배낭 여행은 그 당시에는 정말 고생했 다고 생각했지만 , 시간이 지나고 나니 좋은 추억으로 남았어요 .

請寫出正確的內容。

4. 선물 포장하면서 리본을 _____ 때마다 항상 안 예쁘게 _____ , 유튜브에 리본 묶는 법 , 리본 _____ 법을 검색해 봤다 .

5. 지하철이나 버스를 탈 때는 뒤로 _____ 고 있던 백팩을 앞으로 _____ 야 한다 . 그렇지 않으면 다른 승객에게 피해를 줄 수 있 다 .

6. 정환이는 대학교 때까지 정장을 입을 일이 별로 없어서 넥타이를 _____ 볼 기회가 거의 없었다 . 대학교 4 학년 2 학기 무렵 , 본 격적으로 취업 시장에 뛰어들면서 여기저기 면접 볼 일이 많아졌고 , 이제는 넥타이를 능숙하게 잘 _____ 되었다 .

1. **매 / 매 / 매**
   中譯│我在穿大衣時，每次都很苦惱把腰帶綁在前腰還是後腰？
   解說│「綁」跟「繫」都要用매다。

2. **메고**
   中譯│看到配送礦泉水的外送人員時，都覺得他們實在好偉大。畢竟他們可是在沒有電梯的大樓裡，肩膀兩邊各揹著 20 公升的礦泉水爬樓梯。
   解說│把東西放在或掛在「肩膀」上，都要用메다。

3. **메고**
   中譯│簡單背一個包包去旅遊，當時覺得很累很辛苦，但現在回頭想一想，覺得這趟旅遊是一個很棒的回憶。
   解說│背包是背在肩膀上，所以要用메다。

4. **맬 / 매져서或매게 돼서 / 매는**
   中譯│我在包裝禮物的時候，蝴蝶結都綁得很醜，所以在 YouTube 上搜尋綁蝴蝶結的方法、綁漂亮的蝴蝶結等。
   解說│蝴蝶結也是將兩條帶子打結綁好後，讓它不會鬆開，所以應該使用「매다」。

5. **메 / 메**
   中譯│坐捷運或公車時，要把後背包改成前背，不然很容易妨礙其他乘客。
   解說│背包是掛在或放在肩膀上的東西，所以應該使用「메다」。

6. **매 / 매게或맬 수 있게**
   中譯│正煥在念大學時很少穿西裝，所以比較沒有機會繫領帶。大學四年級第二學期開始投入求職市場，參加面試的機會就自然變多，現在已經很會繫領帶了。
   解說│很重要，所以要寫三次！넥타이를 매다、넥타이를 매다、넥타이를 매다。

맞추다 / 맞히다

맞추다

有多種意思，例如比較與對照

맞히다

有多種意思，例如確保問題的答案
沒有錯誤、提出問題的正確答案

1. 맞추다

1) 進行調整以符合某種標準或規則，如줄을 맞추다（排列整齊）、비위를 맞추다（投其所好）、약속 시간을 맞추다（遵守約定時間）。2) 按照自己的意思定製物品。3) 比較及對照。4) 將互相分離的部分對接到正確位置。

사회 시험이 끝난 후 단짝 친구와 함께 답을 맞춰 봤어요.

社會科測驗結束後，我和好朋友一起對了答案。

휴대폰 카메라가 초점을 잘 맞추지 못해서 왜 그런가 했더니 카메라 렌즈 부분이 더러워서였어요.

手機的相機對焦對不準，我還在想是什麼原因，原來是因為相機鏡頭髒了。

약속 시간에 맞춰서 가려면 평소보다 좀 더 서둘러 나가야 해요.

如果想在約定時間準時到達，就要比平常更早一點出門。

창문을 창틀에 꼭 맞춰야 바람이 새지 않아요.

窗戶一定要對準窗框才不會漏風。

2. 맞히다

1) 確保問題的答案沒有錯誤、提出問題的正確答案。很多韓國人經常會**誤用**為「문제를 맞추다」，「문제를 맞히다」才是正確的表達方式。2) 表示讓人接受用針或注射等進行的治療。3) 瞄準後射出或投擲物體，使其接觸另一個物體。4) 讓某物體或物品因接觸到雨水或雪水而被弄濕。

퀴즈를 맞히신 분께는 추첨을 통해 상품을 드립니다.

我們將透過抽獎的方式將獎品送給答對問題的人。

사격 훈련에서 총알을 열 발 중에 여덟 발 이상 목표물에 정확히 맞혀야 다음 훈련을 할 수 있습니다.

在射擊訓練中，十發子彈裡至少要有八發以上命中目標，才能進行下一個訓練。

소아과에서 아이에게 주사를 맞히기 위해 의사 선생님과 간호사 선생님이 얼마나 애를 쓰시는지 몰라요.

小兒科的醫生和護士為了給孩子打針，不知道費了多少力氣。

우리 나라 국가 대표 양궁 선수들은 과녁의 정중앙을 맞히다 못해 그 안에 있는 카메라 렌즈도 심심찮게 깨곤 해요.

韓國的射箭國手時常正中靶心，就連在那裡面的相機鏡頭也經常被打碎。

서리 맞힌 배추들이 다 얼어 버려서 올해 배추 농사는 실패했어요.

結霜的白菜都凍壞了，所以今年的白菜種植失敗了。

請寫出正確的內容。

1. 아이에게 우산을 챙겨주지 않아서 결국 비를 _____ 고 말았어요. 아이에게 너무 미안한 거 있죠.

2. 내 몸 사이즈에 _____ 서 제작한 맞춤 정장 한 벌쯤 있으면 면접 볼 때, 중요한 자리에 갈 때 등 이곳 저곳 쓸 데가 많아요.

3. 이 줄에 _____ 서 서면 되나요?

4. 열 문제 중에 다섯 문제만 _____ 면 된다고 생각했는데 무려 일곱 문제나 _____ 서 기분이 날아갈 듯 좋았어요.

5. 아이가 겁이 많아서 주사를 잘 못 맞는데, 그런 아이에게 주사를 _____ 려면, 아픔을 느낄 틈이 없어야 하기 때문에 주의력을 분산시키는 수 밖에 없어요.

6. 아깝게 골대만 두 번 _____ 고, 골을 넣지 못해서 너무나 아쉬웠던 경기였습니다.

7. 음식을 할 때 가장 중요한 건 간을 _____ 는 거예요.

8. 3000 피스짜리 퍼즐을 _____ 는 건 단순히 퍼즐을 좋아한다는 이유만으로 하기에는 좀 힘들고, 해당 작품에 대한 애정도 있어야 가능한 일이에요.

9. 안타깝게도 이 퀴즈의 정답을 _____ 사람이 지금까지 나오지 않았습니다.

解答

1. **맞히**
   中譯 | 我沒幫孩子準備雨傘,結果讓他淋了雨,對孩子感到很抱歉。
   解說 | 此處要用「비를 맞다(淋雨)」的使動詞「맞히다」,表示使其被「雨、雪、霜、冰雹」等打到的意思。

2. **맞춰**
   中譯 | 如果有一套為我量身定做的定製西裝,就可以在很多地方派上用場,例如參加面試時、前往重要場合時。
   解說 | 意思是「按照自己的意思定製物品」,所以要用「맞추다」。

3. **맞춰**
   中譯 | 只要站在這一排就行了嗎?
   解說 | 意思是調整內容以符合既定規則(排隊的規則)或標準,所以要用「맞추다」。

4. **맞히 / 맞혀**
   中譯 | 我原本想十題中只要答對五題就行了,沒想到足足答對了七題,我開心到像是飛起來了。
   解說 | 表示講出問題、謎語、疑問等的正確答案時,應該使用「맞히다」。

5. **맞히**
   中譯 | 孩子因為害怕而無法好好接受注射,要幫那樣的孩子打針,就要讓他沒時間感受疼痛,所以只能分散他的注意力。
   解說 | 答案是「맞히다」,意思是讓人接受用針或注射等進行的治療。

6. **맞히**
   中譯 | 可惜只射中門柱兩次,未能進球,真是一場令人惋惜的比賽。
   解說 | 由於是在將球瞄準並射向球門的過程中,只打中門柱,沒能進球的情況,所以適合用「맞히다」。

7. **맞추**
   中譯 | 做菜時最重要的就是調味。
   解說 | 「간을 맞추다(調味)」是固定搭配使用的片語,而且意指「進行調整以符合標準或規則」的「맞추다」確實能用來表示「調整成適當的味道」。

8. **맞추**

中譯 | 僅憑喜歡拼圖的理由要拼好 3000 片拼圖有點困難，必須對該作品也有感
情才有可能辦到。

解說 | 拼圖是需要動手將彼此分散的碎片放到正確的位置，使之拼合起來的物
品，所以應該要用「퍼즐을 맞추다」。

9. **맞힌**

中譯 | 遺憾的是，到目前為止還沒有人答對這個謎題的答案。

解說 | 表示講出謎題、問題、疑問等的正確答案時，必須用「맞히다」。

개발 (하다) / 계발 (하다)

개발 (하다)

將原本就有的事物發展到更好的
狀態，可通用於精神上、物理上
和看得見的事物

계발 (하다)

挖掘並喚醒尚未展露的能力或潛
在的可能性等，只能用於精神上
和看不見的事物

「개발하다」和「계발하다」都有使某事物變得比原本的狀態或形態更好的意思。

나는 자기 <mark>개발 / 계발</mark>을 위해 매일 퇴근 후 정해진 시간에 공부를 한다.

為了自我開發／啟發，我每天下班後會在固定時間學習。

퍼즐 놀이나 스도쿠 게임 등은 두뇌 <mark>개발</mark>에 좋다.

拼圖或數獨等遊戲有助於大腦開發。

不過，「개발하다」指的是「將原本就有的事物發展到更好的狀態」，而「계발하다」則是指「挖掘並喚醒尚未展露的能力或潛在的可能性等」。因此「開發」可通用於精神上、物理上和看得見的事物，而「啟發」只能用於精神上和看不見的事物。但一般來說兩者會分開使用，「開發」多用於看得見的成果、物理上的東西和有具體形態的事物，「啟發」則多用於精神上的狀態。

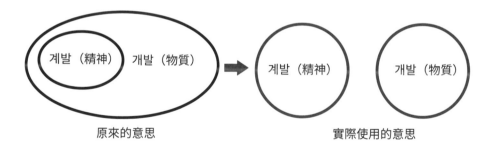

原來的意思　　　　　　　　　實際使用的意思

우리 회사에서는 신제품 <mark>개발</mark>을 성공시키기 위해 TF 팀을 만들었다.

我們公司為了成功開發新產品，成立了 TF 組。

도시 <mark>개발</mark> 계획은 단기적 성과와 장기적 목표를 명확히 구분해야 한다.

城市開發計劃必須明確區分短期成果和長期目標。

請選出正確的選項。

1. 수자원 (개발 / 계발) 에는 풍부한 강수량이 우선되어야 한다.

2. 독서와 글쓰기는 창의력 (개발 / 계발) 에 필요한 필수 요소이다.

3. 정부는 큰 규모의 예산을 편성하여 첨단 산업 (개발 / 계발) 에 힘을 실어 주었다.

4. 대만에는 자체적으로 (개발 / 계발) 한 전국민 영어 검정능력 시험 이 있다.

5. 훌륭한 교사는 학생이 스스로의 잠재력과 가능성을 점진적으로 (개발 / 계발) 할 수 있도록 도와주는 교사이다.

6. 상상력 (개발 / 계발), 외국어 능력의 (개발 / 계발), 평소에 자기 (개발 / 계발) 을 꾸준히 해 온 사람은 좋은 기회가 왔을 때에 그것을 잡을 수 있다.

1. **개발**
   中譯 | 水資源開發首重豐富的降水量。
   解說 | 增設水資源、風力資源等設施，並投入技術使之變成更好的狀態，這是
   看得見的有形發展，所以要用「개발」。

2. **개발或계발**
   中譯 | 閱讀和寫作是創意力開發的必備元素。
   解說 | 兩者都對，雖然更適合用「계발」，但在實際生活中大多使用「개발」。

3. **개발**
   中譯 | 政府編制大規模預算支援尖端產業開發。
   解說 | 因為是「產業」型態，所以用「개발」。

4. **개발**
   中譯 | 臺灣有自主開發的全民英語能力分級檢定（全民英檢）。
   解說 | 由於不是促進潛力或可能性的發展，而是創造一種新的測驗方式，所以
   答案是「개발」。

5. **계발**
   中譯 | 一位優秀的老師，是會幫助學生逐步開發自我潛能和可能性的老師。
   解說 | 精神上的、無法計量的事物，以及看不見的潛力、可能性、自我與能力等，
   要用「계발」。

6. **계발 / 계발 / 계발**
   中譯 | 想像力開發、外語能力開發，平常持續自我開發的人，就能在機會到來
   時把握住。
   解說 | 當無法量化、計算以及尚未展現或覺醒的能力，在投入時間和努力後顯
   露出來時，要用「계발」。

발달 (하다) / 발전 (하다)

발달 (하다)

발달和발전都有「邁向更好的狀
態或更進一步的下個階段」的意
思。另外也可表示「身體、情緒、
智力等的發育或成熟」，此時不
可與발전替換使用

발전 (하다)

表示「技術」方面的進步、邁向更
好的狀態或更進一步的下個階段

「발달」和「발전」都有「邁向更好的狀態或更進一步的下個階段」的意思。作此意義使用時，「발달」和「발전」可以替換使用。

대만은 4 계절 온화한 기후로 농업이 발달하였다 / 발전하였다.

臺灣農業的發達得益於四季溫暖的氣候。

의료 기술이 발달하면서 / 발전하면서 인간의 기대 수명이 연장되었다.

隨著醫療技術的發展，人類的預期壽命也延長了。

흡연자의 폐는 폐암으로 발달할 / 발전할 가능성이 높다.

吸菸者的肺部發展成肺癌的可能性很高。

當「발달」用來表示「身體、情緒、智力等的發育或成熟」時，不可與「발전」替換使用。

미성년자 자녀를 키울 때에는 시력 발달 상황을 해마다 체크해야 한다. (발전 X)

撫養未成年子女時，必須每年檢查視力發展情況。

소근육 발달을 위해 출생 후 만 6 개월부터는 핑거푸드를 이유식으로 제공하는 것이 좋다. (발전 X)

為了促進小肌肉的發展，最好從出生後六個月開始提供手指食物作為副食品。

신체 발달 (발전 X) 이 느리면 정서 발달 (발전 X) 도 같이 느려진다.

如果身體發育遲緩，情緒發展也會一起變遲緩。

「발달」可作「某個地理區域或與天氣相關的某種對象，形成巨大規模並擴大勢力」的意思使用，此時不可與「발전」替換使用。

차가운 대륙 고기압의 발달로 (발전 X) 당분간 쌀쌀한 날씨가 계속되겠습니다.

由於大陸冷高壓的發展，短期內將持續寒冷的天氣。

매년 여름철 큰 태풍이 북상해 오면서 더 큰 태풍으로 발달하는데, 매번 긴장된다. (발전하다 X)

每年夏季都有巨大的颱風北上並發展成更強的颱風，每次都讓人很緊張。

「발전」也有「事情往某個方向發展」的意思，此時不可與「발달」替換使用。

과잉 체벌은 교권에 많은 제약을 가하게 되었고, 결국 교권 추락으로 발전했다.

過度體罰導致教師權威受到諸多限制，最終發展成教師權威下降。

앞으로 이 사태가 어떤 방향으로 발전될지 계속 지켜봐야 한다.

今後局勢將朝著什麼方向發展，還需要持續觀察。

請寫出正確的內容。（一題可能有兩個以上的答案）

1. 인공지능 기술의 _____ （으）로 인간과 기계의 상호작용이 더욱 원활해지고 있다.

2. 신재생 에너지 산업이 _____ 하면서 환경에 대한 우려가 줄어들고 있다.

3. 과학기술의 _____ 으로 인공 심장 개발이 가능해졌다.

4. 어린이의 논리적 사고 능력은 나이에 따라 점진적으로 _____ 한다.

5. 문화 예술 분야에서 지역적 특색이 부각되면서 예술의 다양성이 더욱 _____ 하고 있다.

6. 아동의 언어 능력은 청각적 자극과 상호작용하며 _____ 한다.

7. 최근 경제 분야에서의 디지털 혁신은 빠르게 _____ 하고 있다.

8. 교육 시스템이 다양한 방법으로 _____ 하고 있다.

9. 문학 작품은 언어와 상상력을 통해 독자의 감수성을 _____ 시킨다.

解答

1. **발전 / 발달**
   中譯︱隨著人工智慧科技的發展，人機互動變得更加順暢。
   解說︱由於是指「邁向更好的狀態或更進一步的下個階段」的意思，所以兩者皆可使用。

2. **발전**
   中譯│隨著新再生能源產業的發展，對環境的擔憂正在減少。
   解說│「技術、問題、局勢」等看得見的有形事物要用「발전」表示；相反的，
   「身體能力、情緒、智力」等，則要用「발달」表示。

3. **발전**
   中譯│科學技術的發展使人工心臟的開發成為可能。
   解說│由於空格內要填入的詞，必須表示出「技術」邁向更好的狀態或更進一
   步的下個階段的意思，所以要用「발전」。

4. **발달**
   中譯│兒童的邏輯思考能力會隨著年齡的增長而逐漸發展。
   解說│「身體能力」要用「발달」表示。

5. **발전 / 발달**
   中譯│在文化藝術領域中，隨著地域特色的突顯，藝術的多樣性也更加發達。
   解說│意思是藝術多樣性變得更加豐富、變得比以前更好，所以「발전」和「발
   달」兩者皆可使用。

6. **발달**
   中譯│兒童的語言能力是在聽覺刺激的互動下發展。
   解說│「語言能力」也是「身體能力」的一種，所以應該用「발달」。

7. **발전**
   中譯│近來經濟領域的數位化創新正在急速發展。
   解說│表示「技術」方面的進步，所以要用「발전」。

8. **발전**
   中譯│教育系統正在以各種方式發展。
   解說│「系統」指的是「技術」方面的進步，所以要用「발전」。

9. **발달**
   中譯│文學作品藉由語言和想像力培養讀者的感性。
   解說│「감수성（感性）」是表示情感、情緒的說法，所以要用「발달」。

늘리다 / 늘이다

늘리다

表示「物理性的變大或增多」，
可用於各種領域，如物品的數
量、大小、長度等

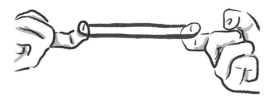

늘이다

通常指「使布料或繩子等物品的
長度變長」，大多用於與線、長
度有關的詞語

這兩個單字都有「使數目、數量、長度等增加」的共同含義。

1. 늘리다

「늘리다」的意思是「物理性的變大或增多」，可用於各種領域，如物品的數量、大小、長度等。近義詞有더하다（增加）、연장하다（延長）、증대하다（增長）、확대하다（擴大）、확장하다（擴張）、증식하다（增值）等。可用來表示①數量、份量或時間等變得比以前多，②力量、精神或勢力等變得比以前強，③技藝或能力等有所進步，④經濟上變富裕，⑤時間或期限變長等意思。

수면 시간을 8 시간 이상으로 늘리는 것은 오히려 건강에 좋지 않습니다.

把睡眠時間延長至 8 小時以上，反而不利於健康。

경기가 침체된 상황에서 총수요를 늘리기란 쉽지 않습니다.

要在景氣低迷的情況下增加總需求並不容易。

소비량을 늘리기 위해서는 가계 소득이 늘어나야 합니다.

為了增加消費量，必須增加家庭所得。

규칙적으로 운동을 하면 체력과 근육량을 늘릴 수 있습니다.

規律運動可以增強體力、增加肌肉量。

앱 사용자 수를 늘리기 위해 사용자들의 연령층과 거주 지역을 분석한 후 타깃 광고를 시작했어요.

為了增加應用程式的使用人數，在分析使用者年齡層和居住地後，開始了目標市場行銷。

회사의 수익을 늘리기 위해서는 효율적인 마케팅과 시장 분석이 필요해요.

為了增加公司收益，需要有效的行銷和市場分析。

2. 늘이다

「늘이다」通常是指「使布料或繩子等物品的長度變長」，用於表示「不加其他東西，以拉扯的方式使其變得比原來更長」、「持續畫線使之延長」的意思。大多用於與「線」、「長度」有關的詞語。另外，也有「使

| 之從上往下垂落」、「將其展開」等含義。

이 동작은 척추와 등 근육을 <mark>늘여주는</mark> 동작입니다.

這個動作是伸展脊椎和背部肌肉的動作。

고무줄을 너무 세게 <mark>늘이면</mark> 끊어져요.

橡皮筋拉得太用力會斷掉。

유리 공예의 가장 보편적인 방법은 뜨거운 불에 유리를 <mark>늘여서</mark> 모양을 만든 후 식히는 것입니다.

玻璃工藝最普遍的做法，是在熱火中將玻璃延展塑形後再冷卻。

책상에 앉아 일하는 시간이 길다면, 생각날 때마다 두 손을 잡아당겨 팔 근육을 <mark>늘이는</mark> 운동을 하세요.

如果長時間坐在書桌前工作，請在想到的時候就拉著雙手做伸展手臂肌肉的運動。

시골 마을에서 마주한 국수가락을 마치 발처럼 <mark>늘여</mark> 둔 풍경이 정겨웠다.

在鄉村見到麵條如門簾般垂落下來的風景，讓人倍感親切。

말을 엿가락처럼 <mark>늘여서</mark> 하다.

說話拖泥帶水。（直譯：把話像麥芽糖一樣拉長）

將什麼東西	怎麼樣	늘리다	늘이다
數、數量、進口、出口、量、時間、期限、體積（面積）等	在原來的基礎上添加其他東西變成兩倍、大幅、大大地	O	X
長度、高度、肌肉、橡皮筋、鐵絲等	不在原來的基礎上添加其他東西、長長地	X	O

請選出正確的選項。

1. 우리 지역 주차장의 규모를 (늘이기 / 늘리기) 위해 사람들의 많은 추억과 사료적 가치가 있는 극장을 철거한다는 소식을 듣고 몹시 슬펐다 .

2. 바짓단을 더 (늘여서 / 늘려서) 입어야겠어요 .

3. 우리 수업의 학생수를 2 배로 (늘이기 / 늘리기) 까지 많은 사람들의 노력과 헌신이 있었다 .

4. 자기 실력을 (늘일 / 늘릴) 생각을 해야지 , 왜 다른 사람의 실력을 질투하는 데 너의 에너지를 써 ?

5. 비상 탈출구에서 밧줄을 창밖으로 (늘여서 / 늘려서) 이 밧줄을 타고 내려갔다 .

6. 출산율을 (늘일 / 늘릴) 정책들이 실효성은 하나도 없고 너무 근시안적이고 단기적인 것 같지 않아요 ?

7. 점심 시간을 20 분만 더 (늘여줘도 / 늘려줘도) 좋겠어요 . 잠깐이라도 눈 좀 붙이면 오후 근무가 좀 더 수월할 것 같은데요 .

8. 교장 선생님은 매번 조회 때마다 엇비슷한 말들을 엿가락처럼 (늘여 / 늘려) 되풀이하셔서 우리 모두 지루해한다 .

解答

1. **늘리기**
   中譯｜聽說為了擴大我們這區停車場的規模，要拆除充滿眾人回憶並具有歷史價值的劇院，我感到非常難過。
   解說｜由於是增加實際規模、大小和面積，所以答案是「늘리다」。

2. **늘여서**
   中譯｜要將褲腳再放長一點才能穿。
   解說｜由於褲腳、裙邊、袖子等，在製衣時就已經將多餘的布料往內收，要增
   　　　加長度時不需另外再加布料，只要將內側的布料翻出來加長即可。所以
   　　　答案是「늘이다」。

3. **늘리기**
   中譯｜由於眾人的努力和奉獻，我們課程的學員數才能增加到 2 倍。
   解說｜「數量的增加」要用「늘리다」。

4. **늘릴**
   中譯｜應該想著增進自己的實力才對，為什麼要把你的精神花在嫉妒別人上面？
   解說｜「실력이 늘다（實力增長）」的使動態是「실력을 늘리다（增進實力）」，
   　　　所以答案是「늘리다」。

5. **늘여서**
   中譯｜從緊急逃生口將繩索垂出窗外，順著這條繩子往下爬。
   解說｜讓逃生繩穿過窗戶由上往下垂落，所以適合用「늘이다」。

6. **늘릴**
   中譯｜提升出生率的政策沒有任何實效性，不覺得太短視和短期了？
   解說｜提升出生率、升學率、就業率等數據，要用「늘리다」表示。

7. **늘려줘도**
   中譯｜午餐時間就算只延長 20 分鐘也好。如果可以暫時瞇一下，下午工作應該
   　　　就能輕鬆一些。
   解說｜延長時間或期限時要用「늘리다」。

8. **늘여**
   中譯｜校長每次朝會時，都拖泥帶水地不斷重複類似的話，讓大家都覺得很無
   　　　聊。
   解說｜「엿가락을 늘이다（拖泥帶水，直譯為「拉長麥芽糖」）」是一種慣用表
   　　　達，意思是不斷重複相同的內容，硬要把話說得很長，就像拉麥芽糖時，
   　　　麥芽糖一直變長不斷掉的樣子。

動詞 6

허락하다 / 허가하다 / 허용하다

허락하다

指答應某人提出的要求，主要用於上位者同意下位者的請求、父母答應孩子的要求時

허가하다

通常是指學校、政府、公司等機關團體正式批准可以實施特定規則或行動，用於正式情況

허용하다

指以寬廣的胸懷寬容地接納和包容某事物

1. 허락하다

「허락하다」意味著答應某人對我提出的要求。此單字主要用於個人之間的互動，或是一個人要求從另一個人那裡取得某事物時，而且此時雙方的社會地位及年齡是不同的，主要用於上位者同意下位者的請求時，或是父母答應孩子的要求時。另外，也可以用於想做某件事，但周邊條件卻未能滿足的情況。

우리 엄마가 치킨시켜도 된다고 허락하셨어.

媽媽允許我可以點炸雞。

부장님이 잠시 외출해도 된다고 허락하셨습니다.

部長允許我暫時外出。

부모님께서 우리의 결혼을 흔쾌히 허락하셨어.

父母欣然同意了我們的婚事。

방학 때 외국으로 어학연수를 가고 싶었지만 여러 가지 사정이 허락하지 않았다.

我想趁放假期間去國外進修語言，但各種情況都不允許。

형이 자기가 군대 가 있는 동안 자기 방을 써도 된다고 허락했다.

哥哥允許我可以在他當兵的期間用他的房間。

2. 허가하다

「허가하다」通常是指學校、政府、公司等機關團體正式批准可以實施特定規則或行動。此單字主要用於正式的情況，以及允許授權的組織或機構在合法範圍內進行某活動或行為時。

정부에서 마스크 수입을 허가했습니다.

政府批准了口罩進口。

FDA 는 몇몇 약품의 긴급 승인을 허가했습니다.

FDA 批准了一些藥品的緊急使用許可。

허가 받지 않은 곳에서 의료행위를 하면 안 됩니다.

不能在未經許可的地方從事醫療行為。

입국 허가가 나오지 않았기 때문에, 지금 당장 공항을 떠나셔야 합니다.

由於沒有取得入境許可，您必須立即離開機場。

허가를 받은 약사만이 약을 조제할 수 있다.

只有得到許可的藥劑師才能配藥。

입학 허가증을 받고서야 내가 이 학교에 합격했다는 사실을 실감했다.

直到我收到入學許可，我才真切地感受到自己被這所學校錄取了。

3. 허용하다

「허용하다」意味著以寬廣的胸懷，寬容地接納和包容某事物。此單字可表達放寬某種約束或限制，從寬廣的角度慷慨包容的意思。另外，在體育賽事中也作「失分」、「裁判酌情允許某些行為」的意思使用。

요즘 학교는 학생들의 염색과 파마도 허용한다.

近來學校還允許學生染髮和燙髮。

선배님의 말에는 어떤 반박도 허용하지 않는 강한 위엄이 느껴진다.

前輩的話給人一種不容許任何反駁的強大威嚴感。

후반전 종료를 3분 남겨 놓고, 아쉽게 1점을 허용했다.

在下半場比賽還剩三分鐘時，很遺憾地丟了一分。

이 건물에서는 실내 흡연이 허용되지 않습니다.

這棟大樓室內禁止吸菸。

불미스러운 일로 제적을 당했던 학생의 재입학이 허용되자 학생들과 보호자들의 항의가 빗발쳤다.

一名因醜聞遭到開除學籍的學生被允許重新入學，導致學生和家長馬上紛紛抗議。

綜上所述，「허락하다」是指同意個人之間的請求，「허가하다」是指權威機構批准某項規定或活動，「허용하다」則是指以寬廣的心胸包容某事物。

請選出正確單字，並完成內容。（一題可能有兩個以上的答案）

허락하다	허가하다	허용하다

1. 제이슨은 친구에게 자신의 자전거를 빌려줄 것을 _____ .

2. 학교에서 학생들에게 휴대전화 사용을 _____ 지 않는다 .

3. 아버지가 나의 파티 참석을 _____ 주셨어 .

4. 헨리는 실수를 _____ 주었고 우리는 다시 시작할 수 있었다 .

5. 엄마가 한 시간 반동안 게임을 하도록 _____ 주셨다 .

6. 부모님은 우리가 실패할 때마다 우리에게 용서와 두 번째 기회를 _____ 주셨다 .

7. 정부는 새로운 규제를 통과시켰고 대기업들의 부실 중소기업 인수를 _____ .

8. 스티븐 선생님은 학생들의 창의적인 생각을 _____ 격려해 주시는 좋은 선생님이셨어요 .

9. 7 회말에 도루를 _____ 고 나서 그대로 역전패를 당했다 .

解答

1. **허락했다**
   中譯 │ 傑森答應將自己的自行車借給朋友。
   解說 │ 此處指的是物品「擁有者」同意讓別人使用自己的物品，所以適合用「허락하다」。

2. **허가하**

中譯｜學校不准學生使用手機。

解說｜由於是「學校」這個正式機構定下的規則和禁止事項，所以適合用「허가하다」。

3. **허락해**

中譯｜爸爸同意我參加派對了。

解說｜由於是年長的「父母」答應「子女」的請求，所以適合用「허락하다」。

4. **허용해**

中譯｜亨利包容了我們的失誤，讓我們可以重新開始。

解說｜以寬廣的胸懷包容和原諒失誤，所以適合用「허용하다」。

5. **허락해**

中譯｜媽媽同意讓我玩一個半小時的遊戲。

解說｜決定能不能玩「遊戲」的人是「媽媽」，子女必須等待媽媽作決定，所以答案是「허락하다」。

6. **허용해或허락해**

中譯｜每當我們失敗時，父母都會原諒我們，並給我們第二次機會。

解說｜由於是以寬廣的心胸和包容力給予諒解和機會，所以可以用「허용하다」，另外由於是「父母（長輩）給予子女（晚輩）」另一次機會，所以也可以用「허락하다」。

7. **허가했다**

中譯｜政府通過了新的規定，准許大企業收購虧損的中小企業。

解說｜由於是政府機關批准企業的行動和業務，所以答案是「허가하다」。

8. **허용하고**

中譯｜史蒂芬老師是一位容許並鼓勵學生創意思考的好老師。

解說｜此處要表達的是以寬廣的心胸理解學生想法的老師，所以要用「허용하다」。

9. **허용하**

中譯｜在七局下半被盜壘後，直接被反敗為勝。

解說｜用來表示在體育賽事中「失分」的情況時，要用「허용하다」。

불평 (하다) / 불만 (이 있다 / 없다) / 유감 (이다)

불평 (하다)
指用言語表達不滿

불만 (이 있다 / 없다)
불만和유감常指沒有用言語具體表現出來的「感受」

유감 (이다)
유감和불만都能表示「覺得不滿意、不順眼」，在公開場合中較常使用유감，유감也帶有遺憾、惋惜的含意

「불평」指的是用言語表達不滿，而「불만」和「유감」則是指沒有用言語具體表現出來的「感受」。

회사 동료들은 사사건건 트집을 잡는 영민 씨에게 불만이 점점 쌓여갔다.

公司同事對事事挑剔的英民越來越不滿。

이제 주어진 환경에 대한 불평은 그만하고, 현실을 직시해라.

現在停止抱怨既定環境，面對現實吧。

이런 부당한 처사에 대해 불평 한 마디도 못 하고 계속 일만 해야 하다니, 정말 화가 나서 견딜 수가 없어.

對於這樣的不當處理連抱怨一句也不行，只能繼續工作，讓我氣到受不了。

불평하기 시작하면 끝이 없어. 작은 것부터 감사하는 마음을 가져 봐.

一旦開始抱怨就會沒完沒了，試著從小事開始心存感激吧。

「불평」通常會與「하다」結合作動詞使用。若要將「불평」作名詞使用，可以用「불평불만（抱怨、牢騷）」或「불평 한 마디（一句怨言）」等形式呈現，不可單獨使用「불평」。

다른 사람에 대해 불평할 시간에 자기 능력을 키우는 게 낫지 않겠어요?

用抱怨別人的時間來培養自己的能力不是更好嗎？

하이안 씨는 악조건 속에서도 불평 한 마디 없이 묵묵히 자기 할 일을 했습니다.

夏怡安在惡劣的條件下也沒有任何怨言，默默地做著自己該做的事。

「불만」和「유감」指的是心態，所以會與「있다 / 없다 / 많다（有／沒有／多）」或「N 을 / 를 표시하다 / 표하다（表示／表達 N）」一起使用，而「불평」則不能這樣使用。

불만 있으면 말로 해. 말하기 싫으면 티를 내지 말든가.

有什麼不滿就說出來，如果不想說就不要表現出來。

불미스러운 일이 벌어진 것에 깊은 유감을 표합니다.

發生這種不光彩的事情，我們深感遺憾。

최근에 벌어진 스포츠계의 승부 조작 사건에 대해 이 스포츠계를 대표하는 한 인사가 유감을 표시했다.

對於最近發生的體育界比賽造假事件，一位該體育界的代表人士表示遺憾。

「유감」和「불만」都表示「覺得不滿意、不順眼」，在公開場合中較常使用「유감」，而「유감」也帶有遺憾、惋惜的含意。另外，如果下位者對上位者使用「유감」一詞，會顯得有些不禮貌，必須謹慎使用。此外，「유감」有時會給人一種在不想承認錯誤時勉強道歉的感覺，所以使用時要特別留意。

조별 발표에서 매번 그렇게 이기적으로 행동하면 다른 조원들의 불만이 터져나올 거라는 예상을 못 해?

難道你沒想過如果每次分組報告你都如此自私地行動，其他組員會爆發不滿嗎？

계속되는 월급 체납에 직원들의 불만이 쌓여갔다.

持續拖欠薪水導致員工的不滿情緒日漸高漲。

조사 결과에 따르면 직장인의 70 % 가 자신의 연봉에 불만이 있는 것으로 나타났다.

調查結果顯示，70% 的上班族對自己的年薪感到不滿。

사실 여부에 관계없이 여러분께 물의를 일으킨 점, 유감스럽게 생각합니다.

無論是否為事實，都引起了各位的爭議，對此我感到非常遺憾。

「유감」在公開場合也可表示「遺憾」的意思，「불평」和「불만」則沒有這種用法。

정부는 이번 지진의 발생으로 수많은 인명 피해, 재산 피해가 발생한 것에 대해 깊은 유감을 표명했다.

政府對此次地震造成大量人員傷亡和財產損失深表遺憾。

請寫出正確的內容。（一題可能有兩個以上的答案）

1. 토요일 출근에 대해서는 다들 약간의 _____ 이 / 가 있지만 , 뭐 어쩔 수 없죠 .

2. 학교 측은 무단 결석으로 인해 발생한 문제에 대해 학생들에게 _____ 을 / 를 표시했습니다 .

3. 이번에 새 책을 출판하지 못한 것은 정말 _____ (이) 다 .

4. 최근에 일어난 변화에 대해서 사람들의 _____ 이 / 가 점차 증가하고 있습니다 .

5. 마이클은 항상 _____ 만 하며 , 다른 사람들의 노력을 인정하지 않는다 .

6. 얼마 전 손님이 제기한 _____ 사항들을 하나씩 들어주고 해결책을 제시했습니다 .

7. 익명으로 _____ 을 / 를 표하면서 회사의 개선을 요구하는 게시글이 SNS 에 올라왔습니다 .

8. 지금까지 우리는 다양한 문제에 직면해왔지만 , _____ 하지 않고 굴하지 않았어요 .

9. 이제는 더 이상 _____ 을 / 를 그만하고 , 현재에 집중해야 할 때이다 .

解答

1. **불만**

   中譯 | 對於週六上班一事，大家多少有點不滿，但也無可奈何。

   解說 | 可以和「있다 / 없다 / 많다（有／沒有／多）」一起使用的詞彙是「불만」。另外此處表達的是不滿的情緒，而非直接用言語表現出來的「불평」，所以適合用「불만」。

2. **유감**

   中譯 | 校方對於因無故缺席而產生的問題向學生表示遺憾。

   解說 | 由於是校方的正式立場，所以適用「유감을 표하다 / 표시하다 / 표명하다（表示遺憾）」等表達方式。

3. **유감**

   中譯 | 這次的新書未能出版，真是令人遺憾。

   解說 | 表達「惋惜」、「遺憾」的情緒時，適合用「유감」。

4. **불만**

   中譯 | 對於最近發生的變化，人們的不滿日漸增加。

   解說 | 「불평」和「유감」是無法計「量」的。「불만」則可以與있다（有）/ 없다（無）/ 많다（多）/ 적다（少）/ 늘어나다（增加）/ 줄어들다（減少）等動詞一起使用，表達其「份量」。另外「유감」則可用「深度」表示，例如「깊은 유감（深深的遺憾）」。

5. **불평**

   中譯 | 麥克總是只會抱怨，不認可別人的努力。

   解說 | 可結合「- 하다」使用的詞彙是「불평」。

6. **불만**

   中譯 | 不久前，我一一聽取客人提出的不滿事項，並提出了解決方案。

   解說 | 由於是具體列出讓顧客心裡不高興的事情，所以適合用「불만 사항（不滿事項）」。

7. **불만或유감**

中譯丨有人在 SNS（社群網路服務）上傳了表達不滿並要求公司改善的匿名貼文。

解說丨「불평」不會跟「표하다（表達）」一起使用，通常會與「하다」結合使用，而且當它作名詞使用時，會以「불평불만（抱怨、牢騷）」、「불평한 마디（一句怨言）」等形式出現，不會單獨使用，因此此處適合寫「불만」或「유감」。

8. **불평**

中譯丨至今為止，我們面臨過各式各樣的問題，但我們沒有抱怨，也沒有屈服。

解說丨可結合「- 하다」使用的詞彙是「불평」。

9. **불평**

中譯丨現在是時候停止抱怨，專注於當下了。

解說丨可作불평하다（抱怨）、불평하지 않다（不抱怨）、불평을 그만하다（停止抱怨）、불평만 하다（只會抱怨）等動詞形式使用的詞彙只有「불평」。

살다 / 생활하다 / 묵다

살다
一般表示人類維持生活或居住在某個地方的行為，也可用來描述個人或群體的日常生活或整體生活

생활하다
意指維持日常生活或固定的生活模式

묵다
表示短暫停留某處、投宿之意

「살다」、「생활하다」和「묵다」都是與「生活」相關的詞彙，但各自有不同的用法及意義。

1. 살다

「살다」一般用來表示人類維持生活或居住在某個地方的行為，等同於「거주하다（居住）」，主要指實際生活的現實，包括作為生命體的存在與活動，反義詞為「죽다（死）」。此外，這個單字也可用來描述個人或群體的日常生活或整體生活，且「살다」的名詞形態為「삶（生活）」，主要表示人的居住地區、居住期間、生活方式、經營生活的方式等。通常作「P 에 살다、P 에서 살다（住在 P）」的形式使用，也可用「N 을 / 를 살다（住在 N）」的形式表達。

지은 씨는 서울에서 살고 있고, 지은 씨의 언니는 외국에서 삽니다.

智恩住在首爾，智恩的姊姊住在國外。

현우 씨는 30 년 동안 일본에서 살았어요.

玄宇在日本生活了 30 年。

승희 씨는 바닷가에서 살면서 서핑을 즐깁니다.

勝熙住在海邊，喜歡衝浪。

주영 씨는 부모님과 함께 시골에 살고 있어요.

珠英和父母一起生活在鄉下。

저는 제 인생을 살 거예요.

我要過我自己的人生。

2. 생활하다(V.) / 생활 (N.)

「생활하다」意指維持日常生活或固定的生活模式。此單字可用來表示個人或群體以特定方式安排和體驗生活，也可用於描述日常行為和慣例，主要表示生活方式、生活習慣和生活環境等。

例

성민 씨는 오랜 외국 생활로 향수병이 심해졌어요.

聖旻因為長期在國外生活，思鄉病越來越嚴重了。

상우 씨는 규칙적으로 운동하며 건강한 생활을 유지하려고 노력합니다.

尚宇規律運動，並努力維持健康的生活。

외국에서 생활하며 다양한 문화를 접하는 건 돈 주고도 살 수 없는 값진 경험이에요.

在國外生活並接觸各種不同的文化，是花錢也買不到的寶貴經驗。

3. 묵다

「묵다」意味著暫時或在某個地方短暫停留。此單字可用來表示臨時的住宿或休息，例如旅行或出差等情形，具有在某段期間於某處暫時停留的含義，重點在強調地點或時間的限制。一般是指住在旅館、住宿設施或別人家，作「P에 묵다（住在 P）」、「P에서 묵다（住在 P）」等形式使用。

이번 한국 여행에서는 어디에 묵어요?

這次韓國旅行要住在哪裡？

선영 씨는 지방 출장을 갈 때 주로 비즈니스 호텔에서 묵습니다.

善英去首爾之外的地方出差時，通常都住在商務旅館。

며칠 동안 묵으실 거예요?

您要停留幾天？

비행기를 경유지에서 갈아타야 해서, 묵을 만한 숙소를 공항 근처에서 찾아 보려고 합니다.

因為必須在中轉站轉機，所以我想在機場附近找個可以住宿的地方。

總結來說，「살다」意指持續的生活和活動，「생활하다」指的是日常的生活模式和方式，「묵다」表示臨時的住宿或暫時的停留。

請選出正確的選項。（一題可能有兩個以上的答案）

1. 박지수 씨는 캠핑장에서 한 달 동안 _____ .
   a) 살았습니다   b) 생활했습니다   c) 묵었습니다

2. 이번 주 내내 김태영 씨는 호텔에 _____ .
   a) 살았습니다   b) 생활했습니다   c) 묵었습니다

3. 최민준 씨는 외국에서 몇 년 동안 _____ 경험을 바탕으로 유튜브를 하고 있는데 반응이 아주 좋아요 .
   a) 산   b) 생활한   c) 묵은

4. 지난 달부터 지민 씨는 집에서 독립해 나와 혼자서 _____ .
   a) 생활합니다   b) 살고 있습니다   c) 묵고 있습니다

請從「살다、생활하다、묵다」中選出正確的內容並寫下。（一題可能有兩個以上的答案）

5. 대학교를 졸업한 후 , 박준혁 씨는 서울에서 바로 취업을 해서 앞으로 _____ 집을 알아보는 중입니다 .

6. 작년 겨울 , 김준호 씨는 스키장에서 단기 아르바이트를 하느라 몇 주 동안 그곳에서 _____ .

7. 나는 이번 여름에 시골에 있는 할아버지 할머니의 집에서 한 달 동안 _____ 예정이야 .

8. 부산 여행을 가려고 하는데, 서면 쪽에 2 박 3 일 동안 _____ 만한 숙소 알고 있으면 좀 추천해 줄래 ? 너무 좋을 필요는 없고 , 잠만 조용히 잘 수 있으면 돼 .

9. _____ 고 죽는 문제는 누구에게나 엄중하고 진지한 문제이므로 , 이에 대해 말할 때는 신중해야 해요 .

解答

1. **b) 생활했습니다、c) 묵었습니다**
   中譯│朴智秀在露營場住了一個月。
   解說│如果使用「생활했습니다」，意味著在那裡解決食衣住行，像平常一樣過生活；如果使用「묵었습니다」，表示單純只是在那裡過夜。兩者皆可使用，但意義有所不同。

2. **c) 묵었습니다**
   中譯│這一整個星期金泰英都住在旅館裡。
   解說│此處要表達的意思是在「一星期」這個限定期間內，不睡在原本居住的地方，而是睡在「旅館」這個臨時住處，所以答案是「묵었습니다」。

3. **a) 산或 b) 생활한**
   中譯│崔民俊以自己在海外生活了幾年的經驗為基礎，正在經營 YouTube，反應非常好。
   解說│「외국에서 산 경험（在海外生活的經驗）」指的是在那裡經歷過的所有經驗，可以用「외국 생활（海外生活）」等名詞片語來表示。此外，「외국에서 산 경험」代表的是在海外「度過時間的經驗」的整體概念，「외국에서 생활한 경험」則代表在那裡謀生、學習等具體的生活面貌。

4. **b) 살고 있습니다**
   中譯│智敏自上個月起從家裡獨立出來，自己一個人住。
   解說│用「혼자 (서) 살다」表示自己一個人住的意思。

5. **살**

中譯｜大學畢業後，朴俊赫立刻在首爾找到工作，正在打聽以後要住的房子。

解說｜此處可以填「살」或「거주할（居住）」。由於指的是將成為往後休息、睡眠和生活基礎的居住空間，所以比起較具體的「생활할」，用表示整體概念的「살」會更恰當。

6. **생활했습니다**

中譯｜去年冬天，金俊浩在滑雪場短期工作，所以在那裡生活了幾個星期。

解說｜由於在該空間解決食衣住行，並為了工作而維持固定生活模式，所以應該要用「생활하다」。另外，살다不適合用於短期居住，而且並非定居在滑雪場生活，而是臨時居住，所以不能用살다。

7. **살、생활할**

中譯｜我預計這個夏天要到鄉下的爺爺奶奶家住一個月。

解說｜暫時居住在家人或親戚家裡，如果在食衣住行方面維持固定模式，就用「생활하다」，如果只是要表示在那裡居住，就用「살다」。

8. **묵을**

中譯｜我打算去釜山旅行，如果有人知道西面可以住三天兩夜的住宿地點，可以推薦一下嗎？不需要太好，只要能安靜地睡覺就行了。

解說｜提到要在住宿地點（旅館、青年旅舍、度假村等）「睡」幾天幾夜時，要用「묵다」。

9. **살**

中譯｜生與死的問題對於每個人來說都是一件嚴肅認真的事，因此談及此話題務必慎重。

解說｜「죽다」的反義詞是「살다」。

견디다 / 버티다 / 참다

견디다

主要用於表達（人）身體上經歷痛苦和危機時

버티다

不僅是身體上的痛苦，還可以廣泛運用在不屈不撓的各種情況，也可用於堅持自己的主張、不被各種誘惑所迷惑時

참다

僅用於壓抑生理或心理現象，不表現出來的情況

1. 견디다

1)「견디다」主要用於表達（人）身體上經歷痛苦和危機時，也可以用於**勉強**忍受負面情緒中的悲傷、鄙視、忽視、嘲諷等情況。不會用於生理現象（如上廁所、流淚等）。

마취 없이 진행된 수술인데도 환자분께서 잘 견뎌 주셨어요.

雖然是在沒有麻醉的情況下進行手術，但患者還是挺過來了。

화장실에 가고 싶었는데 견뎠어요. (X)

2)（動植物在艱難的環境中）堅持活下去，沒有死亡。

선인장은 건조한 기후를 잘 견뎌요.

仙人掌很能忍受乾燥的氣候。

3)（物體）能夠承受（外來的力量或作用）並從而維持自身原有的狀態和性質。

고무밴드가 무거운 무게를 견디지 못하고 그대로 끊어졌어요.

橡皮筋承受不住沉重的重量，直接斷掉了。

4) 有「克服」的含義。

지금 닥쳐온 이 어려움을 견디고 나면 반드시 좋은 날이 올 거예요.

只要克服眼前面臨的困難，好日子一定會到來。

2. 버티다

不僅是身體上的痛苦，還可以廣泛運用在不屈服於困難的事情、外部作用的力量或壓力並與之對抗的情況。也可用於堅持自己的主張時、不被各種誘惑所迷惑時。

생각보다 훨씬 더 열악한 조건이었지만, 버텨내지 않으면 안 되었기에 이를 악물고 버텼다.

儘管條件比預想得更加惡劣，但不堅持下去不行，所以我咬緊牙關堅持了下來。

회사 생활이 너무 고통스럽고 힘들지만 일단은 버텨 보는 중이에요.

雖然職場生活非常痛苦和艱難，但我決定先堅持一下。

세입자는 돈이 없어서 월세를 낼 수 없다며 막무가내로 버텼다. (견디다 X, 참다 X)

房客固執地堅持說自己沒錢繳不起房租。

3. 참다

僅用於壓抑生理現象（如大小便、眼淚、嘔吐、咳嗽、疼痛等）或心理現象，使之**不表現出來**的情況。在壓抑和控制笑容、哭泣、疼痛、衝動等現象，就可以用「참다」。另外也可以用於等待某種機會或時機的時候。

너무 슬픈 나머지 눈물을 참기 힘들었다.

太過傷心而難以忍住淚水。

고속도로 휴게소까지 아직 많이 남아있는데, 지금 소변을 참는 게 이미 한계에 달했어요.

離高速公路休息站還要很久，但我現在已經憋尿憋到極限了。

욕을 한 바탕 해 주고 싶은 걸 겨우 참았어요.

我好不容易才忍住想罵你一頓的衝動。

내가 이번에는 참고 넘어가는데, 다음에 또 이렇게 일을 엉망으로 하면, 그 땐 정말 참지 않아!

我這次忍一下就算了，下次如果再這樣把事情搞得一團糟，到時我就真的不會再忍了！

며칠만 참아달라고 했는데, 내가 그 돈 떼먹기라도 할까 봐서 이렇게 성화요?

我只是要你再忍幾天，你是怕我吞掉那筆錢才這麼生氣嗎？

우리 선수들은 혹독한 추위를 참고 이겨내며 동계 훈련을 마쳤습니다.

我們的選手忍耐並克服嚴寒，結束了冬季訓練。

견디다、버티다、참다這三個單字都經常作「V- 아 / 어 / 해 내다」的形式使用，也就是견 더 내다、버텨 내다、참아 내다。

請選出正確的選項。（一題可能有兩個以上的答案）

1. 고객이 무례한 태도로 일관했는데도, 그 직원은 끝까지 _____ 친절하게 안내했습니다. 서비스직은 정말 쉽지 않습니다.
   1) 견디며　　　　　　　2) 참으며　　　　　　　3) 버티며

2. 나는 너무 화가 나서 큰 소리로 화를 내고 싶었지만 _____ 그냥 넘어갔어요.
   1) 견디고　　　　　　　2) 참고　　　　　　　　3) 버티고

3. 코로나 19로 어려워진 경제적 여건이 나를 힘들게 했지만, 결국 _____ .
   1) 견뎌냈어요　　　　　2) 참아냈어요　　　　　3) 버텨냈어요

4. 우리 팀은 혹독한 날씨 속에서도 그 날씨를 _____ 최선을 다해 경기를 펼쳤어요.
   1) 견뎌내며　　　　　　2) 참아내며　　　　　　3) 버텨내며

5. 죽음 같은 고통을 _____ , 이 글을 썼습니다. 이 글은 제 고통의 노래이자 시(詩)입니다.
   1) 견디며　　　　　　　2) 참으며　　　　　　　3) 버티며

6. 다음은 유도에서 상대방에 _____ 들어가기 좋은 기술 3종입니다.
   1) 견딜 때　　　　　　　2) 참을 때　　　　　　3) 버틸 때

7. 학교 폭력 가해자가 법정에서 _____ , 피해자의 시간은 멈춰 있었습니다. 학교 폭력 가해자에 대한 처벌이 더욱 강화되어야 하는 이유입니다.
   1) 견딜 때　　　　　　　2) 참을 때　　　　　　3) 버틸 때

8. _____ 것이 미덕 , 희생이 도리 ? 그동안 하고 싶은 이야기도
    _____ , 자신을 돌아보지 못하고 살아서 우울증에 걸린 것 같다
    고 생각하는 사람들이 점점 많아집니다 .
    1) 견디는 / 견디고　　　 2) 참는 / 참고　　　　　 3) 버티는 / 버티고

9. 담배는 끊는 게 아니라 죽을 때까지 _____ 것이래요 . 그만큼
    의지로 _____ 것이지요 .
    1) 참는 / 버티는　　　　 2) 참는 / 참는　　　　　　 3) 참는 / 견디는

解答

1. **2) 참으며**
   中譯｜儘管顧客的態度從頭到尾很沒禮貌，那名員工還是忍住了，並親切地說明到最後，服務業真是不容易啊。
   解說｜以「情緒勞動」的形式對抗因顧客霸道、無禮的態度而感受到的悲傷及憤怒的情緒，沒有表露出來並處於壓抑的狀態，所以要用「참다」。

2. **2) 참고**
   中譯｜我真的很生氣，氣到想要大聲洩憤，但還是忍一忍就算了。
   解說｜由於是壓抑著憤怒的情緒沒有表現出來，所以要用「참다」。因為「憤怒」並非逆境或苦難，所以不適合用「견디다」，而且憤怒也不是不屈不撓地對抗並克服困難，所以也不能使用「버티다」。

3. **1) 견뎌냈어요或 3) 버텨냈어요**
   中譯｜因新冠肺炎而陷入經濟困頓，讓我過得很辛苦，但我最終還是撐過來了。
   解說｜如果新冠肺炎造成我身體上、精神上的痛苦，而我只是以「消極的態度」忍過那段時間的話，就用「견뎌내다」；如果認為新冠肺炎是外來的巨大考驗和物理危機，而我是以「不屈不撓的積極態度」堅持下來的話，就用「버텨내다」。

4. **1) 견뎌내며**
   中譯｜我們隊在嚴酷的天氣下也撐了下來，竭盡全力進行比賽。
   解說｜「견뎌내다」主要用於表達身體上經歷痛苦和危機時，所以在表達因「天氣」而歷經艱辛的這句話裡適合用「견뎌내다」。

5. **1) 견디며**
   中譯｜忍受著死亡般的痛苦，寫下這篇文章。這是我痛苦的歌與詩。
   解說｜「痛苦」可以用「참다」或「견디다」來表達，但通常身體上的痛苦（傷口）會用「참다」，而精神上的痛苦會用「견디다」。

6. **3) 버틸 때**
   中譯｜以下是在柔道中，適合用來撐住對方攻擊的三種技巧。
   解說｜在不屈服於外來的力量或壓力而與之對抗的情況下，我們會用「버티다」。這句話指的是在「柔道」這項運動比賽中，不屈服於對方的力量而與之對抗的情況；而在運動比賽中，遭到「攻擊」時不屈服而與之對抗的情況，會用「버티다」來形容。

7. **3) 버틸 때**

中譯｜當校園暴力加害者在法庭上堅持時，受害者的時間是停止的，這就是為何應該進一步加強對校園暴力加害者的處罰。

解說｜由於是校園暴力加害者堅稱自己沒有錯，不肯改變自己主張的情況，所以要用「버티다」。

8. **2) 참는 / 참고**

中譯｜忍耐是美德，犧牲是道理嗎？一直以來，過著忍住想說的話不說、無法回顧自我的生活，越來越多人認為自己似乎因此得了憂鬱症。

解說｜壓抑並控制笑容、哭泣、疼痛、衝動等，不表現出來的時候，可以用「참다」表示。這句話的意思是無法好好表達於日常生活中感受到的情緒，一直壓抑著生活，所以適合用「참다」。

9. **1) 참는 / 버티는**

中譯｜有人說菸不是用戒的，只是一直忍耐到死，也就是要憑意志堅持下去。

解說｜因為是在對「香菸」成癮後才要憑意志戒掉它，已經習慣香菸的身體正在壓抑「生理現象」，所以前一句要用「참다」。而後一句的空格是指用意志力抵制和對抗「香菸的誘惑」，所以要用「버티다」。

참석하다 / 참여하다 / 참가하다

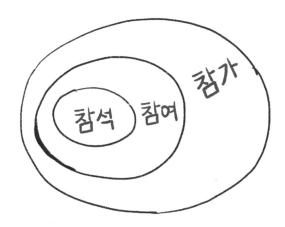

참석하다

重點在「出席」與否，有沒有出現在活動現場，主要用於正式活動或會議等相關場合

참여하다

重點在於是否「出席」和「介入」儀式、活動、事件、會議等

참가하다

重點在於是否「出席」和「介入」，以及有沒有「歸屬感」（團隊）

1. 참석하다

> 重點在「出席」與否、有沒有出現在活動現場。「참석하다」主要用於正式活動或會議等相關場合，雖然出席並不代表主辦該活動或會議，或是對其產生決定性影響，但出現在那裡可以得知重要資訊或決議事項。

참석자 / 회의에 참석하다 / 결혼식에 참석하다 / 졸업식에 참석하다

出席者／參加會議／參加婚禮／參加畢業典禮

어제 몸이 안 좋다고 하셨는데, 세미나에는 참석하셨나요?

你昨天說身體不舒服，還有去參加研討會嗎？

그 날은 친구의 대학원 졸업식에 참석해야 해서 시간을 내기가 어렵습니다.

那天我要去參加朋友的研究所畢業典禮，很難抽出時間。

아쉽게도 외근 때문에 회사 모임에 참석하지 못했습니다.

可惜我要出外勤，沒能參加公司聚會。

참석자 명단을 확인해 주세요.

請確認出席者名單。

다음 주에 열리는 컨퍼런스에 참석할 계획입니다.

我打算參加下星期舉辦的會議。

2. 참여하다

> 重點在於是否「出席」和「介入」儀式、活動、事件、會議等。當句子的主詞**積極**「介入」相關事件時，就可以用「참여하다」，可強調個人或團體積極參與某項活動，並做出**有效的貢獻**。

참여율, 투표에 참여하다, 정규 음반에 피처링으로 참여하다, 사회 운동에 참여하다

參與率、參與投票、作為伴唱參與正式專輯、參與社會運動

토론에 참여하여 의견을 나눠 보았습니다.

參與討論並交流意見。

사회적 이슈에 대한 토론에 참여하고 싶습니다.

我想參與社會議題的討論。

동아리 활동에 참여하면 새로운 친구들을 만날 수 있습니다.

參加社團活動可以結識新朋友。

3. 참가하다

> 重點在於是否「出席」和「介入」，以及有沒有「歸屬感」（團隊），
> 結果會出現「成績」或「排名」的活動時，就可以用「참가하다」。

참가자, 올림픽에 참가하다, 피아노 콩쿠르에 참가하다, 참가에 의의를 두다

參加者、參加奧運、參加鋼琴大賽、志在參加

그동안 하루도 빠짐없이 훈련하고 연습한 만큼 이번 대회에 참가하면 좋은 결과를 얻을 수 있을 것 같아요.

這段期間每天都在訓練和練習，這次參加比賽的話，應該能夠取得好成績。

우리 동아리는 학교 축제에 참가하여 춤을 추게 되었습니다.

我們社團參加了校慶並表演跳舞。

올해의 유망주로 뽑힌 작가들이 이번 전시회에 참가하여 자신의 작품을 선보였습니다.

被選為年度新星的作家們參加這次的展覽會，並展示了自己的作品。

練習一下！

請從「참석하다、참여하다、참가하다」中選出正確的內容並寫下。

1. 운동 선수들에게 있어 전국 체육 대회 _____ 은 / 는 다른 국제 경기 못지 않은 의미를 가집니다 .

2. 사회적 이슈에 대한 토론에 _____ 은 / 는 생각하는 능력을 길러줄 뿐만 아니라 , 내가 살고 있는 세상의 현실을 살펴보고 바른 판단을 하게 해 줍니다 .

3. 세계적인 음악 콩쿠르에 _____ 1 등 없는 2 등을 거머쥔 첼리스트 임은성 씨에게 다시 한 번 큰 축하를 보냅니다 .

4. 우리 사물놀이 동호회는 작년에 전통 음악 축제에 _____ 우수상을 받았습니다 .

5. 내일은 정기 회의에 _____ 야 하니까 평소보다 30 분만 일찍 와서 준비합시다 .

6. 안녕하십니까 ! 오디션을 통해 이번 공연에 합류하게 된 배우 김현성입니다 . 훌륭한 공연에 _____ 게 되어 영광입니다 . 앞으로 잘 부탁드립니다 .

7. 영화 제작에 _____ 는 방법에는 여러 가지가 있습니다 . 연출 , 제작 , 촬영 , 조명 , 미술 , 무술 , 녹음 , 분장 , 헤어 , 소품 등 각 분야의 사람들이 모여 영화 한 편을 만드는 것이니까요 .

8. 저는 어제 오랜만에 학교 동창회에 _____ 좋은 시간을 보냈습니다 .

9. 김민우 씨는 스케줄이 바쁜 와중에도 매년 빠지지 않고 자선 활동에 _____ 는 걸로 유명해요 . 정말 대단하지요 ?

1. **참가**
   中譯｜對運動選手而言，參加全國運動會的意義不亞於其他國際比賽。
   解說｜由於運動會和體育賽事是以「成績」作為結果的活動，所以用「참가」是對的。

2. **참여하는**
   中譯｜不僅能培養參與社會議題討論的思考能力，還能讓人審視自己生活的世界之現實並做出正確的判斷。
   解說｜進行討論不是只有坐在那裡，還包括對相關內容發表意見、聽取對方的看法等「介入」行為，所以要用「참여」。

3. **참가해서或참가하여**
   中譯｜再次熱烈恭喜大提琴家林恩成，參加國際音樂大賽並在第一名從缺的情況下取得第二名。
   解說｜「콩쿠르（音樂大賽）」指的是音樂家較量實力的比賽，所以要用「참가」。

4. **참가해서或참가하여**
   中譯｜我們四物遊戲社去年參加了傳統音樂節，並獲得了優秀獎。
   解說｜「참가」可作「在現場積極參與」的意思，而且「獲獎」也是排名的結果，所以應該用「참가」。

5. **참석해**
   中譯｜明天要參加例會，所以比平常提早三十分鐘來做準備吧。
   解說｜由於是只要出現在會議現場、坐在會議室的椅子上就已足夠的場合，所以可以用「참석하다」。

6. **참여하**
   中譯｜大家好！我是通過甄選加入這次演出的演員金賢成。很榮幸能參與這場精彩的表演，往後請多多指教。
   解說｜作為成員之一發揮作用可看出其「積極性」，而且要完成「表演」，表示不允許有任何人以消極心態參與，因此必須用「참여하다」。

解答

7. **참여하**

中譯｜參與電影製作的方式有很多。因為有導演、製作、攝影、燈光、美術、武術動作、錄音、化妝、髮型、道具等各個領域的人聚在一起，共同製作一部電影。

解說｜由於是不同領域的人以「電影」為共同目標，根據各自的專長積極介入，所以適合用「참여하다」。

8. **참석해서或참석하여**

中譯｜我昨天難得參加學校同學會，度過了一段愉快的時間。

解說｜「同學會」並不是決定等級或排名的活動，所以不適合用「참가하다」，而且它也不是「需要介入以取得某種成果的聚會」，所以適合用「참석하다」。

9. **참여하**

中譯｜金珉宇以在日程繁忙的情況下，仍然每年持續參與慈善活動而聞名。真的很了不起吧？

解說｜不僅是出現在幫助他人的活動現場，還「積極地履行自己的角色」，所以適合用「참여하다」。

대여하다 / 대출하다 / 임대하다

대여하다
在一定時間內，於雙方約定之下出借

대출하다
借用或出借金錢、書籍之類的物品

임대하다
將較大的物品、不動產或權利等借給他人

這幾個單字的共同意義是「出借或租借某物的行為」，但根據出租的具體對象不同，用法也有所不同。

1. 대여貸與(하다)

「대여」是最常用的，指的是「出租店、租賃公司、租借處」等將「樂器、書籍、雪具、自行車、設備、玩具」等物品「在一定時間內，於雙方約定之下出借」。借用時要支付「대여료（租金）」，不需要租金的情況則叫「무료（免費）」。

스키는 보통 스키장에 있는 스키 대여소에서 빌리면 돼요.

雪具一般在滑雪場的雪具租借處借就行了。

아이들 장난감은 구청이나 주민센터에서 대여할 수 있으니까 굳이 많이 살 필요 없어요.

孩子的玩具可以在區公所或居民中心租借，沒必要買太多。

참 이상하지요? 일반 책은 도서관에서 빌려 보거나 사서 보는데, 만화책은 보통 만화 대여점에 가니 말이에요.

很奇怪吧？一般書籍會從圖書館借來看或買來看，但漫畫書通常都會去漫畫出租店借。

공원에서 자전거를 타려면 자전거 대여소에서 빌리면 돼요.

如果想在公園騎自行車，可以在自行車租借處租借。

정수기는 보통 대여 서비스 (렌탈 서비스) 를 많이 이용해요.

淨水器一般都會利用租賃服務。

2. 대출貸出(하다)

「대출」主要是指「借用或出借金錢、書籍之類的物品」，不能用於建築物等不動產。

도서관 대출증을 만들기 위해서는 신분증이 필요합니다.

辦圖書館借書證需要身份證。

학자금 대출 이자가 매년 올라서 대학생들의 부담이 점차 늘고 있다.

助學貸款利息逐年上漲，大學生的負擔日漸加重。

금리 인상에 따른 주택 담보 대출 이자 인상으로 많은 사람들이 힘들어하고 있다.

利率調漲連帶讓房屋抵押貸款利息上漲，導致許多人過得很辛苦。

우리 도서관 도서 대출과 반납 안내 : 1 회 대출 기간은 14 일이며, 대출 도서 한도는 1 회에 10 권을 원칙으로 합니다.

友利圖書館借還書須知：一次借閱時間為 14 天，原則上借閱上限為一次 10 本。

> 從圖書館借書時要用「대출」，從私人業者那裡借書（通常是漫畫書）時要用「대여」。

3. 임대賃貸(하다)

「임대」是指收取一定金額後，將「建築物、土地、機器」等規模較大較重的物品、不動產或權利等借給他人。作為租借土地或機器的代價，要支付「임대료（租金）」。出借的人叫作「임대인（出租人）」，租借的人叫作「임차인（承租人）」。

모든 부동산을 임대할 때에는 월 임대료뿐만 아니라 전세 보증금까지도 부동산임대 소득에 포함되므로, 전세 보증금과 월 임대료 모두 과세 대상이 된다.

所有房地產在出租時，不只月租金，就連全租保證金也包括在房地產租賃所得中，因此全租保證金和月租金都會成為課稅對象。

코로나 19 로 인해 영업에 제한을 받는 상인들이 많아지면서 몇몇 건물주들은 '반값 임대료', '착한 임대료' 등 할인된 금액의 임대료를 받으며 위기를 함께 극복했다.

隨著越來越多商家因新冠疫情而被限制營業，一些房東透過收取「半價租金」、「善良租金」等折扣租金，與商家共同克服了危機。

另外，「車輛」租賃用的詞是「렌트（rent）」或「리스（lease）」。「렌트」是按日計算的短期出租，出租的車是中古車；「리스」指的是按年計算的長期出租，出租的是新車。

而從銀行借來的錢叫作「대출금（貸款）」，作為借錢的代價，需向銀行支付「대출 이자（貸款利息）」。還錢的時候，我們會用「상환（償還）」表示；而還書、自行車、雪具等物品時，我們會用「반납（歸還）」表示。

請選出正確的選項。

1. 스티브 씨는 보증금을 내고 카메라를 _____ 했습니다.
   a. 대출   b. 대여   c. 임대

2. 민하 씨는 은행에서 돈을 _____ 받아서 집을 사려고 합니다.
   a. 대출   b. 대여   c. 임대

3. 아파트를 한 달간 _____ 하는 비용이 얼마인가요?
   a. 대출   b. 대여   c. 임대

4. 이 작품은 저작권자의 동의가 없으면 _____ 이 / 가 불가합니다.
   a. 대출   b. 대여   c. 임대

5. 중고 명품 매매 뿐만 아니라 명품 _____ 도 요즘 큰 인기라고
   해요.
   a. 대출   b. 대여   c. 임대

6. 도서관의 서고 정리로 당분간 도서 _____ 이 / 가 어렵습니다.
   a. 대출   b. 대여   c. 임대

7. 적금을 6 개월간 부어야 _____ 이 / 가 된다고 하는데, 6 개월
   간 적금을 부을 수 있는 돈이 있으면 제가 왜 _____ 을 / 를 받
   겠냐구요!
   a. 대출   b. 대여   c. 임대

8. _____ 주택은 나라에서 국민들에게 빌려주는 주거 공간으로,
   적은 보증금과 월세가 특징이고, 평수가 크지 않습니다. 저소득층의
   부담을 덜어주기 위한 국가 정책 중 하나입니다.
   a. 대출   b. 대여   c. 임대

1. **b. 대여**
   中譯｜史蒂夫付押金，並借了相機。
   解說｜由於是付押金租借一段時間，所以適用「대여」。

2. **a. 대출**
   中譯｜敏荷打算向銀行貸款買房子。
   解說｜從銀行借錢時，以及從圖書館借書時，要用「대출」。

3. **c. 임대**
   中譯｜租公寓一個月要多少錢？
   解說｜租借不動產（建築物、土地）或巨大沉重的機器時，要用「임대」。尤其是不動產，無論是短租或長租都用「임대」表示。

4. **b. 대여**
   中譯｜此作品未經著作權人同意不得出租。
   解說｜藝術作品是可以移動的動產，無論是否支付費用，只要所有權不轉移，僅授予暫時使用權，就要用「대여」表示。和「錢」有關的是「대출」。

5. **b. 대여**
   中譯｜不僅二手名牌交易，據說名牌租賃最近也很受歡迎。
   解說｜不是直接借錢，也不是租借建築物或汽車，所以最適合用的是「대여」。

6. **a. 대출**
   中譯｜由於圖書館書庫整理，短期內難以借閱書籍。
   解說｜從圖書館借的書要用「대출」，向私人業者借的書（通常為漫畫書）要用「대여」。

7. **a. 대출**
   中譯｜據說要存款 6 個月才能貸款，如果我有錢可以存款 6 個月，我還貸款幹嘛！
   解說｜這裡是直接向「銀行」借「錢」，所以適用「대출」。

8. **c. 임대**
   中譯｜租賃住宅是國家租借給人民的居住空間，特點是押金和月租金少，且坪數不大。這是為了減輕低收入族群負擔的國家政策之一。
   解說｜「임대 주택（租賃住宅）」是用來指特定政策的專有名詞，同時也有租用居住空間的意思，所以適合填入空格內的是「임대」。

쫓다 / 내쫓다 / 쫓아내다

쫓다
可表示為了抓住或見到某對象而尾隨在後

내쫓다
可表示將在裡面的生物趕出去外面

쫓아내다
主要是指從觀察者或第三者的視角將某對象驅趕出去，被驅趕的對象在內部，執行此動作的人是在外部的第三者或觀察者

1. 쫓다

1) 為了抓住或見到某對象而尾隨在後。

범인을 쫓는 추격전이 계속되고 있습니다.

追捕犯人的追擊戰仍在繼續。

강아지 주인은 강아지를 쫓아 달려갔습니다.

狗主人追著小狗跑了過去。

2) 從某個地方驅離。

벌레를 쫓기 위해서 살충제를 뿌렸습니다.

為了趕走蟲子，噴灑了殺蟲劑。

3) 戰勝湧來的睡意或雜念。

민수 씨는 졸음을 쫓으며 밤새 시험 공부에 매달렸어요.

民秀戰勝睡意，整晚都在為考試而學習。

수정 씨는 불안한 생각을 쫓기 위해 일부러 더 힘든 운동을 했어요.

水晶為了趕走不安的念頭，刻意做了更劇烈的運動。

2. 내쫓다

1) 將在裡面的生物趕出去外面。

마당에 널린 곡식을 쪼아먹는 참새 떼를 밖으로 내쫓았다.

將一群正在啄食院子裡晾曬的稻穀的麻雀趕了出去。

어떻게 사람을 이렇게 한순간에 길거리로 내쫓을 수가 있어요?

怎麼可以突然就把人趕到街上？

너희 자꾸 그렇게 싸우면 둘 다 집밖으로 내쫓는다?

你們如果老是那樣吵架，兩個都會被趕出家門喔。

2) 施加物理性力量或制度的力量，迫使某對象離開原來的位置。

이 땅에 들어온 외지인들은 원래 이곳에 살던 원주민을 산속으로 내쫓고는 개척이라는 이름으로 원주민들의 땅을 강제로 빼앗았습니다.

來到這片土地的外地人，將原本居住在這裡的原住民趕到山裡，以開墾的名義強行奪取了原住民的土地。

어떻게 승은을 입은 궁녀를 내쫓을 수 있단 말입니까? 안 될 말입니다.

怎麼能將被寵幸的宮女趕出去呢？那是不可以的。

수업 시간에 다른 학생들의 수업을 방해하고, 교수님께도 예의 없게 행동하던 윤정이를, 교수님은 참다못해 교실에서 내쫓으셨습니다.

尹貞在課堂上妨礙其他同學上課，還對教授做出無禮的舉動，教授忍無可忍，將他趕出了教室。

3. 쫓아내다

雖然也有將在裡面的生物趕出去外面，以及迫使某對象離開的意思，但主要是指從觀察者或第三者的視角將某對象驅趕出去。被驅趕的對象在內部，而執行此動作的人是在外部的第三者或觀察者。

공원에서 소란을 피워 시민들을 불편하게 했던 청소년들을 경찰들이 밖으로 쫓아냈습니다.

警察將那些在公園裡鬧事，給市民帶來不便的青少年趕出去了。

거래처 회사 직원 한 명이 느닷없이 우리 회사 회의실에 들어와서 회의를 방해하자, 보안요원들이 와서 그 사람을 쫓아냈습니다.

一名合作廠商的員工突然闖入我們公司的會議室妨礙會議進行，保全人員就來將那個人趕出去了。

相反的，「내쫓다」一詞表示趕走在內部的對象，同時也強調做出驅趕動作的主體也在內部。

고양이가 주방에 들어와서 음식을 훔치려고 했지만, 주인은 고양이를 내쫓았습니다.

一隻貓進入廚房想偷食物，但被主人趕了出去。

집주인은 월세를 몇 달 동안 지불하지 않은 세입자를 내쫓아야 했습니다.

房東不得不趕走好幾個月沒付房租的房客。

학교에서 폭력 행위를 저지른 학생을 교장 선생님이 내쫓았습니다.

校長開除了在學校行使暴力行為的學生。

회사에서 윤리규정을 위반한 직원을 경영진이 내쫓았습니다.

公司管理階層解僱了違反道德規範的員工。

請寫出正確的內容。

1. 축구 경기에서 심판에게 욕설을 한 선수가 심판에 의해 경기장에서 _____ .

2. 업무시간에 사적인 일로 바쁜 척을 하며 회사에서 게임을 하는 직원을 상사가 _____ .

3. 야생 동물들이 마을로 들어오는 것을 방지하기 위해 경비원들이 산에서 _____ .

4. 사냥꾼은 사슴을 _____ 동쪽 숲으로 들어갔습니다 .

5. 아이는 날씨가 좋아지자마자 나가서 나비를 _____ .

6. 월세를 체납한 세입자를 집주인이 마감일이 지나도록 _____ .

7. 벌레떼가 나무에 서식하여 곡식을 훔치려 했으나 , 농부가 _____ .

8. 밤새 아픈 아이의 얼굴에 자꾸 달라붙는 모기를 _____ 한숨도 못 잤어요 .

解答

1. 내쫓았습니다

中譯｜在足球比賽中辱罵裁判的選手，被裁判驅離出場了。

解說｜在足球比賽中，裁判和選手都在球場裡面，由於是其中一名「裁判」將位於同一空間的「選手」趕出去，所以適合用「내쫓다」。

2. 내쫓았습니다

中譯｜上司開除了於工作時間因私事而裝忙，還在公司裡玩遊戲的員工。

解說｜員工和上司都是在同一間公司工作的人，所以兩者皆為內部人員。由於是內部人員中職位較高者解僱職位較低者，所以驅趕和被驅趕的人都處於相同情境、相同空間及相同行政單位內，因此適合用「내쫓다」。

3. 쫓아냈습니다

中譯｜警衛將野生動物從山裡趕走，以防止牠們進入村莊。

解說｜警衛是村子裡的人，野生動物是外來的入侵者，兩者所處的空間不同。因為是「在村子裡」的警衛阻止「原本不在這裡的動物」逗留，所以適合用「쫓아내다」。

4. 쫓아

中譯｜獵人追著鹿進入了東邊的森林。

解說｜意思是獵人為了抓住鹿而追趕在後，所以適合用「쫓다」。

5. 쫓아다녔습니다

中譯｜天氣一放晴，孩子就跑出去追蝴蝶了。

解說｜唯一能與「V- 아 / 어 / 해 다니다」搭配的動詞只有「쫓다」。此外，由於是孩子為了抓蝴蝶（與實際上有沒有抓到無關）而追上去，所以應該用「쫓다」。

6. 내쫓았습니다 或 쫓아냈습니다

中譯｜過了最後期限，房東將拖欠房租的房客驅趕出去。

解說｜由於房東和房客是處於同一行政概念內部的關係，但同時房客已經是居住在裡面（內部）的人，而房東是住在其他地方（外部）的人，所以「내쫓다」和「쫓아내다」兩者皆可使用。不過「내쫓다」著重於身為「房東」的我將身為「房客」的你趕出去的意義；而「쫓아내다」則更偏重要人搬走，不能再住在那裡的意思。

7. 쫓아내었습니다

中譯｜一群蟲子棲息在樹上試圖偷走糧食，但農夫驅離了牠們。

解說｜農夫的角色是管理這棵樹的管理者，蟲子的角色是入侵這棵樹的入侵者，這句話的意思是在外部的「農夫」使入侵內部的蟲子無法繼續停留，所以適合用「쫓아내다」。

8. 쫓아내느라

中譯｜我整晚都在驅趕老是黏在生病的孩子臉上的蚊子，根本無法睡。

解說｜由於是指用手或揮動扇子讓黏在孩子臉上的蚊子無法停留，所以適合用「쫓아내다」，因為是這個句子的主詞，也就是身為孩子家長的我（局外人）幫孩子趕蚊子，所以才會用「쫓아내다」。

정리하다 / 정돈하다 / 정리 정돈하다
(정리 · 정돈하다)

정리하다

按照自己設定的標準來判斷什麼
是需要的、什麼是不需要的，進
行分類並整齊擺放

정돈하다

固定物品的擺放位置以便於使
用、呈現出整齊的樣子

정리 정돈하다
(정리 · 정돈하다)

根據是否需要來進行分類，並尋
找適當位置以固定擺放某物品的
行為

「정리하다」是按照自己設定的標準來判斷什麼是需要的、什麼是不需要的，進行分類並整齊擺放。「정돈하다」是固定物品的擺放位置以便於使用。因此，「정리 정돈하다 (정리·정돈하다)」就是根據是否需要來進行分類，並尋找適當位置以固定擺放某物品的行為。

另外，「청소하다」是指為了健康和衛生而進行清潔的行為。從人們的生活習慣來看，很多時候雖然整頓好了，卻沒有整理好。也就是雖然每個物品都有各自的固定擺放位置，卻無從得知是依照什麼標準進行分類和擺放的。從不擅長整理的人的特徵來看，會發現他們擁有很多不必要的物品，而且有很多因不知道家裡有而重複購買的東西。無論再怎麼打掃和整頓，如果不需要的物品佔據了空間，就算是沒有整理好。根據需求購買物品，乾淨地打掃，將物品收納在適當的位置，果斷地丟掉喪失價值的物品，只有按照這種流程進行，才能整理得井然有序。

집 청소를 마친 후에는 항상 기분이 좋아져요 . 깨끗하게 치워 놓는 것은 건강에도 좋으니까요 .

打掃完房子後，心情總是會變得很好，維持整潔對健康也有好處。

방을 정리 정돈하다 보니, 필요한 물건과 필요하지 않은 물건을 구분하는 게 어려운 것 같아요 .

我在整理房間時發現，區分需要與不需要的物品似乎是件難事。

정리를 잘하는 사람들은 필요하지 않은 물건을 구입하지 않는 경향이 있어요 .

擅長整理的人往往不會購買不需要的物品。

청소를 하면서 정돈도 동시에 진행하고 있어요 . 물건들의 위치를 정확히 알아두면 사용하기도 편리하고 빠르게 찾을 수 있어요 .

我在打掃的同時也在進行整頓。如果準確地知道物品的擺放位置，使用起來也方便，而且能迅速地找到它。

오늘은 정돈에만 집중해서 정리하는데 시간이 걸렸어요 . 다음에는 청소도 같이 해야겠어요 .

今天只專注於整頓和整理，花了一些時間。下次還要一起打掃。

請圈出正確的內容。

1. 필요한 물건들은 따로 모아 두고 , 필요하지 않은 물건들은 과감히 버리면서 정리하 / 정돈하 / 정리 정돈하고 있어요 .

2. 침실 정리 / 정돈 / 청소을 / 를 위해 필요한 물건들을 분류하고 , 각물건의 자리를 잡으려고 노력하고 있어요 .

3. 정리 / 정돈 / 정리 정돈을 / 를 하면 집안이 깔끔해지지만 , 청소를 하지 않으면 먼지와 더러움이 남아있어요 .

4. 음력 새해가 다가오기 전에 집안 대정리 / 대정돈 / 대정리정돈 / 대청소을 / 를 했는데 , 여기저기 흩어져있던 물건들이 제자리를 찾아서 집안이 깔끔해졌어요 .

5. 정리 / 정돈 / 정리 정돈을 제대로 하면 필요한 물건을 찾기도 쉬워져서 시간을 절약할 수 있어요 .

6. 이상하지요 ? 꼭 시험 전날에는 책상 정리 / 정돈 / 청소을 / 를 하고 싶다니까요 . 평소에는 멀쩡히 잘 지내던 책상인데 시험 공부해야 할 때만 되면 책상이 유난히 어지럽고 물건들이 여기저기 흩어져 있는 느낌이에요 .

7. 청소와 정리 / 정돈 / 정리 정돈은 / 는 생활 습관의 일부분이 되어야 집안이 청결하고 깔끔한 상태를 유지할 수 있어요 .

8. 청소를 하면서 동시에 정리 / 정돈 / 정리 정돈을 / 를 하려니 시간이 많이 걸려요 . 두 가지를 따로 해야겠어요 .

9. 집안 청소를 마치고 물건들을 하나씩 정리 / 정돈 / 정리 정돈하려니까 필요하지 않은 물건들이 많아서 당황스럽네요 .

1. 정리하

中譯｜我將需要的物品另外放在一起，不需要的物品果斷丟棄，正在進行整理。

解說｜由於重點放在「根據需要對物品進行『分類』」的行為，所以要用「정리하다」。

2. 정리

中譯｜為了整理臥室，我正在將需要的物品進行分類，並努力為每樣物品找到它們的位置。

解說｜意思是「根據需要對物品進行分類，並將每樣東西整齊地擺放在適當的位置」，所以要用「정리」。

3. 정돈

中譯｜進行整頓可以讓家裡變整潔，但如果不打掃，就會留下灰塵和髒污。

解說｜「깔끔하다」是「外表整齊不骯髒」的意思，「깔끔해지다」是「깔끔하다」加上「變化」，也就是「變得整齊不骯髒」的意思。比起根據需要進行分類，更接近於因物品位在應在的位置而顯得整齊的意思，所以要用「정돈」。

4. 대청소

中譯｜在農曆新年到來之前，家裡進行了大掃除，將散落各處的東西物歸原位後，家裡變整潔了。

解說｜「大掃除」的韓文說法是「대청소」。

5. 정리 정돈

中譯｜如果整理整頓得好，就可以更容易找到所需的物品，從而節省時間。

解說｜意思是做好「根據需要對物品進行分類和丟棄，並為每樣東西安排適當的固定位置之行為」後，就可以更容易地及時找到所需的物品，所以要用「정리 정돈」。

6. 정리

中譯｜很奇怪吧？在考試的前一天，總是特別想要整理書桌。平常用得好好的書桌，一到必須準備考試的時候，就感覺書桌特別亂，東西到處散落。

解說｜「學生最常被父母訓斥的原因 TOP3」的其中之一，就是「書桌太亂」。這句話的意思是平常在那張書桌上生活和學習都不覺得怎麼樣，但一到快考試的時候，就特別容易注意到那雜亂無章的樣子。指的是因不想學習而老是環顧四周，突然對桌上的物品賦予意義並判斷是否需要，所以要用「정리」。

7. **정리 정돈**

中譯｜打掃和整理整頓應該成為生活習慣的一部分，家中才能維持乾淨整潔的狀態。

解說｜「청소（打掃）」是對應於「청결（乾淨）」的概念，而「집안이 깔끔한 상태를 유지한다（家中維持整潔的狀態）」則是指「區分要留著用的物品和可以丟棄的物品後，將其安排在適當的位置」，所以要用「정리 정돈」。

8. **정리**

中譯｜如果一邊打掃一邊整理會花很長的時間，兩件事應該分開來做。

解說｜意思是在處理「衛生和清潔」問題的同時，根據需要對物品進行「分類」，這樣既不方便又會耗費很多時間，所以要用「정리하다」。

9. **정리**

中譯｜打掃完房子後，我打算將物品一一整理好，卻因為有太多不需要的東西，讓我有點不知所措。

解說｜「필요하지 않은 물건（不需要的東西）」是提示，「是否需要」應該與「정리」一詞連繫起來。

혼내다 (혼이 나다) / 욕하다 (욕을 먹다) / 꾸짖다

혼내다 (혼이 나다)

主要指上位者批評或斥責下位者的行為，用於年長者在教訓或管教年幼者時

욕하다 (욕을 먹다)

主要指譴責或侮辱對方的言辭和行動

꾸짖다

主要指長輩嚴厲地指出晚輩的錯誤或過失，加以數落和斥責的行為，並要求對方「修正」與「改善」，同時也帶有「警告」的意味

1. 혼내다

「혼내다」主要是指上位者批評或斥責下位者的行為。用於年長者在教訓或管教年幼者的時候。

나는 어렸을 때부터 부모님께 많이 혼나면서 컸어.

我從小就在父母的斥責中長大。

담임 선생님이 오늘 학생들을 크게 혼내셨다.

今天班導師狠狠地教訓了學生一頓。

2. 욕하다

「욕하다」主要是指譴責或侮辱對方的言辭和行動。當一個人罵另一個人時，會用指責、侮辱、咒罵等方式來攻擊對方。

운전만 했다 하면 처음부터 끝까지 다른 차를 욕하는 사람이 왜 이렇게 많지요?

為什麼有那麼多人只要一開車，就會從頭到尾不停地罵其他車子？

잔뜩 술에 취해 길에서 고래고래 소리 지르는 사람에게 사람들은 미친놈이라고 욕을 하며 지나갔다.

對喝得酩酊大醉在街上大吼大叫的人，人們邊罵他瘋子邊走了過去。

한 축구 선수는 경기장에서 매너 없는 행동을 해 팬들에게 지금까지 욕을 먹고 있어요.

一名足球選手在球場上做出無禮的行為，至今仍被球迷責罵。

3. 꾸짖다

「꾸짖다」主要是指長輩嚴厲地指出晚輩的錯誤或過失，加以數落和斥責的行為。「화내다（生氣）」是單方面向對方宣洩自己的不滿，而「꾸짖다」的重點則放在於斥責和指出對方的錯誤或過失後，要求對方「修

| 正」、「改善」其行為，同時也帶有「警告」的意味。

선생님께서는 " 수업 시간에 지각하지 않고 제 시간에 오는 건 가장 기본적인 예의야 " 라며 학생을 크게 꾸짖으셨습니다.

老師大聲訓斥學生說：「上課不遲到，準時進教室是最基本的禮貌。」

아빠는 " 심부름하고 나서 남은 거스름돈은 그대로 들고 와야지, 그걸 아빠 허락도 없이 마음대로 다 써 버리면 어떡하니? " 라며 아이를 꾸짖었습니다.

爸爸訓斥孩子說：「跑腿後找的零錢要原封不動地拿回來，怎麼可以不經爸爸允許就自己花光呢？」

總結來說，這三個單字都表示譴責或批評的行為，但혼내다主要用於上下級關係中，욕하다多使用在具侮辱性、攻擊性的言辭，而꾸짖다的重點則放在指出對方的錯誤後要求對方改善。

請選出適合填入句子的選項。（一題可能有兩個以上的答案）

1. 나는 어제 엄마에게 ' 너 또 숙제를 안 했어 ? 대체 언제 숙제 할거니 ? ' 하며 _____ .
   ㄱ) 혼이 났다
   ㄴ) 욕을 먹었다
   ㄷ) 꾸짖었다

2. 선생님은 학생들에게 ' 분명히 잘 할 수 있는 일인데 , 왜 최선을 다하지 않아 ? ' 라고 말하며 열심히 하지 않는 태도를 크게 _____ .
   ㄱ) 혼내셨다
   ㄴ) 꾸짖으셨다
   ㄷ) 욕하셨다

3. 팀장 님은 차근차근 일을 가르쳐 주시는 것도 아니면서 늘 ' 이렇게 쉬운 일도 제대로 못하는 거니 ? ' 라며 _____ . 내가 학교에 다니는 건지 회사에 다니는 건지 모르겠다 .
   ㄱ) 혼내신다
   ㄴ) 욕하신다
   ㄷ) 꾸짖으신다

4. 등뒤에서 남을 _____ 헐뜯는 사람을 믿지 마세요 .
   ㄱ) 욕하고
   ㄴ) 혼내고
   ㄷ) 꾸짖고

5. 아이들을 _____ 비난하는 건 쉽다 . 그러나 아이들에게 정말 필
   요한 것은 진심어린 이해와 사랑이다 .
   ㄱ) 혼내고
   ㄴ) 욕하고
   ㄷ) 꾸짖고

6. 엄마는 평소 태도가 바르지 못한 딸에게 ' 너는 어쩔 때나 너무 자신
   만만해 ! 다른 사람의 말도 조금만 더 경청해봐 .' 라고 _____ .
   ㄱ) 혼내셨다
   ㄴ) 욕하셨다
   ㄷ) 꾸짖으셨다

7. 매번 ' 나 어제도 시험 공부 못하고 그냥 자 버렸어 !' 라고 말하는 수
   정이는 이번에도 시험을 잘 봐서 친구들한테 된통 _____ .
   ㄱ) 욕을 먹었다
   ㄴ) 혼났다
   ㄷ) 꾸짖었다

8. 자기 감정을 제대로 표현하지 못하고 _____ 부터 하는 것은 성
   숙하지 못한 사람의 태도이므로 , _____ (으) 로 감정을 표현
   하지 말고 , 생각이 담긴 언어로 감정을 잘 정리해서 표현하세요 .
   ㄱ) 욕
   ㄴ) 혼내기
   ㄷ) 꾸짖기

解答

1. ㄱ) 혼이 났다
   中譯│我昨天被媽媽教訓了一頓，說：「你又沒寫作業？你到底什麼時候才要
   　　　寫作業？」
   解說│單純因錯誤行為而被父母指責的情況，要用「혼이 나다」。另外，當我
   　　　去指責、批評別人時，要用「혼을 내다（教訓）」；當我被別人指責或
   　　　批評時，要用「혼이 나다（被教訓）」。

2. ㄴ) 꾸짖으셨다
   中譯│老師對學生說：「明明可以做好的事，為什麼不盡力而為呢？」狠狠地
   　　　訓斥了他們不認真的態度。
   解說│這句話不僅止於指責和批評錯誤行為，還在最後提及希望對方能往更好
   　　　的方向改進，因此適合用「꾸짖다」。

3. ㄱ) 혼내신다
   中譯│組長也不仔細地教我做事，總是罵我「連這麼簡單的事也做不好嗎？」
   　　　我都不知道自己是在上學，還是在上班了。
   解說│此處描述的是單純責罵的行為，並沒有給予適當的教誨或詳細的指引，
   　　　所以適合用「혼내다」。「혼나다」和「혼내다」通常單純指情緒化的宣
   　　　洩和該行為的當下。

4. ㄱ) 욕하고
   中譯│不要相信在背後咒罵、中傷別人的人。
   解說│由於指的是沒來由地指責和辱罵別人的行為，所以適合用「욕하다」，尤
   　　　其是在「沒有上下關係或無法得知上下關係」的情況下，更適合用「욕하
   　　　다」。「혼내다」和「꾸짖다」只能用於上下關係之間。

5. ㄱ) 혼내고 或 ㄷ) 꾸짖고
   中譯│教訓和批評孩子很容易，但孩子們真正需要的是真誠的理解和關愛。
   解說│糾正「孩子」的錯誤行為時，「혼내다」和「꾸짖다」兩者皆可使用。如
   　　　果只是單純指責和嚴厲指出其錯誤行為，可用「혼내다」；如果進一步要
   　　　求改進的話，就要用「꾸짖다」。

6. ㄱ) 혼내셨다 或 ㄷ) 꾸짖으셨다
   中譯│媽媽對平常態度不好的女兒說：「妳有時候太過自信了！妳應該多傾聽
   　　　別人說的話。」教訓了她一頓。
   解說│由於是媽媽指責女兒過度自信的態度，所以可以用「혼내다」；話中包含

了對女兒往正確方向改善其態度的期望，所以也可以用「꾸짖다」。

7. ㄱ) 욕을 먹었다

中譯｜水晶每次都說：「我昨天也沒複習考試內容就直接睡著了！」但這次也考得很好，所以被朋友們狠狠罵了一頓。

解說｜真的很要好的朋友之間可以用「욕을 하다 (罵人)」、「욕을 먹다 (挨罵)」等表達方式，但實際上並非真的互罵「髒話」。「욕을 먹다」原本是被罵的意思，但在親近的關係中，可以用「욕을 먹다」來表示「輕微地被指責」的意思。

8. ㄱ) 욕

中譯｜無法正確抒發自己的情緒就先罵人，這是不成熟的人的態度，請不要用辱罵來表達情緒，要用經過思考的語言好好理清自己的情緒後再表達出來。

解說｜用非理性的辱罵來進行人身攻擊或發洩情緒的行為，稱為「욕하다」。有些人會在受到不公平待遇時、開車時、在路上和陌生人發生碰撞等情況下先飆髒話，此時也可以用「욕하다」來表達。

계시다 / 있으시다 / 안 계시다 / 없으시다

계시다 / 안 계시다

用來表示需要對其使用敬語的句子
主詞（人）「在或不在」

있으시다 / 없으시다

用來表示需要對其使用敬語的句子
主詞是否「擁有」某事物

請記住，「계시다 / 안 계시다 / 있으시다 / 없으시다」的使用不是取決於談話對象，而是取決於「該句子的**主詞**」。

1. 계시다 / 안 계시다

當句子的主詞為上級、長輩、上司、老師等需要用「敬語」的對象（人）時，用來表示該主詞「在或不在」。

여보세요, 장 사장님 계십니까?

- 아니요, 지금 자리에 안 계십니다.

喂，請問張社長在嗎？（在的人＝張社長＝需要用敬語的對象兼主詞）

—不，他現在不在座位上。（不在的人＝張社長＝需要用敬語的對象兼主詞）

노 선생님이 자리에 안 계셔서 전화를 받으실 수 없습니다.

魯老師不在座位上，無法接電話。（不在座位上的人＝魯老師＝需要用敬語的對象兼主詞）

거기 누구 계세요?

那裡有誰在嗎？（想確認是否存在的對象兼主詞＝需要用敬語的情況）

교수 님이 아직 댁에 계십니다.

教授還在家裡。（在家的人＝教授＝需要用敬語的對象兼主詞→「집」也要一併改用敬語「댁」）

2. 있으시다 / 없으시다

根據需要用敬語的對象是否「**擁有**」存在的事物，使用「있으시다」和「없으시다」來表達。

할아버지는 새벽에 책을 읽는 습관이 있으시다.

爺爺有凌晨看書的習慣。（有此習慣的人＝爺爺＝需要用敬語的對象）

시간 있으세요?

請問您有時間嗎？（有時間的人＝需要用敬語的對象）

어머니는 편두통이 있으시다.

媽媽有偏頭痛的毛病。（有偏頭痛的人＝媽媽＝需要用敬語的對象）

현금 없으시면 신용카드로 결제 도와드리겠습니다.

如果您沒有現金，我可以用信用卡幫您結帳。（沒有現金的人＝客人＝需要用敬語的對象）

아버지는 요즘 고민이 있으신 것 같다.

爸爸最近好像有煩惱。（有煩惱的人＝爸爸＝需要用敬語的對象）

[注意 1] 一起來看看最近在韓國常見的錯誤用句。

1. 고객님, 음료 받으실게요.

　客人，請收下飲料。

說明：領飲料的人是顧客，所以將「받다」改成「받으시다」是對的。但是「V-(으) ㄹ게요.」這個文法只能用在主詞為第一人稱時，所以這一句話其實是很奇怪的句子，不過這在咖啡廳裡已經是普遍的說法了。

2. 손님, 적립되는 카드 가지고 있으신 거 있으신가요?

　客人，您有持有的集點卡嗎？

說明：在「카드를 가지다」加上文法「V-고 있다」，表示從過去的某個時間點到現在一直維持著某個動作，這樣的表達方式是對的。不過若是想用「敬語」，由於做「持有」動作的人是「客人」（既是人，也是主詞），所以應該用「카드를 가지고 계시다」才對。因此，如果要修正這句話，應該改成「손님, 적립되는 카드 가지고 계신가요?（客人，您有集點卡嗎？）」。在此，如果想要問「是否還維持著持卡動作」和「客人持有的卡在不在」，可以說「손님, 가지고 계시는 적립되는 카드 있으신가요?（客人，您有持有的集點卡嗎？）」，但這等於重複說同樣的話，所以我們還是別說得這麼複雜難懂吧。

[注意 2] 使用上述提到的動詞時，有時需將主格助詞「이 / 가」改成「께서」。在撰寫文章、文件，公文或正式場合中使用格式體句子時，要用「께서」；在一般非格式體和非敬語的口語體中，則不一定要用「께서」。

회장님께서 지금 자리에 안 계십니다. 연락처를 남겨 주시면 전해 드리겠습니다.

會長現在不在位子上。如果您留下聯繫方式，我會為您轉告。

할아버지 집에 계셔? 배고프신지 물어 봐. 간단한 간식이라도 사서 들어가게.

爺爺在家嗎？問問爺爺餓不餓。我買些簡單的點心回去吧。

請選出正確的選項。

1. 교수님께서 오늘 수업에 （계세요 / 있으세요）？

2. 혹시 그 영화를 본 적이 （있으세요 / 계세요）？

3. 불편을 드려서 죄송합니다. 지금 부장님이 자리에 （없으셔서 / 안 계셔서）전화를 받으실 수가 없습니다.

4. 시간 （계실 때 / 있으실 때）연락 부탁드립니다.

5. 회원 카드 （계시면 / 있으시면）제시해 주십시오.

6. 이 문제를 푸신 분들 중에 답을 아시는 분이 （있으신가요 / 계신가요）？

7. 새로운 규칙이 적용될 예정인데, 이에 대한 의견이 （있으신가요 / 계신가요）？

8. 이번 주말에는 출장이 （있으신가요 / 계신가요）？

9. 다음달에 한국에 여행을 가려는데 여권이 （계세요 / 있으세요）？

10. 고객님, 회원 가입 신청서를 확인해 보니, 이메일 주소가 （안 계시네요 / 없으시네요）. 이메일 주소를 좀 기입해 주세요.

解答

1. **계세요**
   中譯｜教授今天在上課嗎？
   解說｜教授＝人＝生命體＝需要用敬語的生命體，所以要用「계세요」。

2. **있으세요**
   中譯｜您看過那部電影嗎？
   解說｜這裡問的是是否有過該經驗，「經驗」不是人或需要用敬語的生命體，而是屬於那個人的東西，所以要用「있으세요」。因此，「V-(으) ㄴ 적이 있다 / 없다」的敬語是「V-(으) ㄴ 적이 있으시다 / 없으시다」，絕對不能寫成「V-(으) ㄴ적이 계시다 / 안 계시다」的形式。

3. **안 계셔서**
   中譯｜抱歉造成您的不便，現在部長不在座位上，無法接電話。
   解說｜不在座位上的「人」是職位比我高的上司（從부장「님」這個稱呼，可以得知部長是職位比我高的人），因此要表達該對象不在，應使用「안 계셔서」。

4. **있으실 때**
   中譯｜有時間的時候請聯繫我。
   解說｜「時間」是屬於需要用敬語的人的「事物」、「物體」、「非生命體的名詞」，所以不能用「계시다 / 안 계시다」，應該要用「있으실 때」。簡單來說，老闆或職場上司的時間要用「있으시다 / 없으시다」，我的時間和朋友的時間要用「있다 / 없다」。

5. **있으시면**
   中譯｜如果您有會員卡，請出示。
   解說｜「會員卡」是需要用敬語的顧客所擁有的「非生命體名詞」，所以這裡應該要用「있으시면」。

6. **계신가요**
   中譯｜解這道題的人當中，有人知道答案嗎？
   解說｜這句話是在問知道答案的「人」在不在現場，因此用「계신가요」是對的。

7. **있으신가요**
   中譯｜新規則即將生效，您對此有意見嗎？
   解說｜「意見」不是活著的生命體，而是需要用敬語的對象的「所有物」或「所有概念」，因此用「있으신가요」是對的。

8. **있으신가요**

中譯｜您這個週末要出差嗎？

解說｜當去「出差」的人地位比我高，必須以充分尊重對方的方式詢問時，問的不是「人的存在」，而是「有沒有出差這件事」，所以用「있으신가요」是對的。

9. **있으세요**

中譯｜下個月要去韓國旅行，您有護照嗎？

解說｜「護照」是人的「所有物」，不能用只適用於人的「계시다 / 안 계시다」，因此必須使用「있으세요」。

10. **없으시네요**

中譯｜客人，我確認會員申請表後發現沒有電子郵件地址，請您填寫一下電子郵件地址。

解說｜「電子郵件地址」不是會呼吸的生命體，而是「事物」、「普通名詞」，所以當該電子郵件地址的持有人是需要用敬語的對象時，應使用「있으시다 / 없으시다」。因此，答案是「없으시네요」。

자르다 / 베다 / 썰다 / 끊다

자르다

使用鋒利的工具（刀子、剪刀等）將物體分段或分成兩塊以上的行為

베다

用帶刃或鋒利的工具從原有物體上取下薄片或切掉一部分的行為

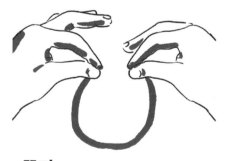

썰다

主要指用「刀子」或「鋸子」邊下壓邊用力前後移動刀刃，將物體分割成大塊或厚塊的行為

끊다

具有「剪斷線、繩子、帶子等原本相連在一起的物體，使之分開」、「切斷或分離某物的連結」的意思

這些單字都是表示物理動作的動詞，使用上的差異如下。

1. 자르다

表示使用鋒利的工具（刀子、剪刀等）將物體分段或分成兩塊以上的行為。也有說話或做事不拖拖拉拉，在適當處乾淨俐落地了斷的意思。

과일을 칼로 자르다가 손을 다쳤어요.

用刀切水果時弄傷了手。

어제 머리를 자르기만 하려고 했는데, 얼떨결에 염색도 한 거 있죠.

昨天本來只想剪頭髮的，卻糊里糊塗地連頭髮也染了。

무 자르듯이 단칼에 인연을 끊었어요.

像切蘿蔔一樣，一刀斬斷了緣份。

2. 베다

表示用帶刃或鋒利的工具從原有物體上取下薄片或切掉一部分的行為。另外，被帶刃或鋒利的工具傷害，身體出現傷口時，可以用「베이다（被割）」表示。

옛날에는 낫으로 일일이 벼를 베었잖아요. 지금은 농기계가 있어서 한결 수월해졌어요.

以前稻子要用鐮刀一一收割，現在有了農業機械，變得輕鬆多了。

예전에는 손으로 땔감용 나무를 베는 사람을 '나무꾼' 이라고 했어요.

從前手工砍樹做柴火的人，被稱為「樵夫」。

A4 용지에 손이 베이면 그 어떤 상처보다 더 아파요.

手被 A4 紙割傷的話，比任何傷口都還要痛。

면도하다가 면도기에 턱을 베었어요.

刮鬍子的時候被刮鬍刀割傷了下巴。

미술용 연필을 칼로 깎다가 손을 베었어요.

用小刀削美術鉛筆時割傷了手。

3. 썰다

> 主要是指用「刀子」或「鋸子」邊下壓邊用力前後移動刀刃，將物體分割成大塊或厚塊的行為，或是切段的行為。

돼지고기를 살 때 사장님께 얇게 썰어 달라고 부탁했어요.

買豬肉時，我拜託老闆幫我切成薄片。

목수가 톱으로 나무를 썰었다.

木匠用鋸子鋸木頭。（在樹木已被砍下的狀態）

어머니가 무로 채를 썰어 새콤달콤 맛있는 무생채를 만드셨어요.

媽媽將蘿蔔切絲，做成了酸甜可口的涼拌蘿蔔絲。

김치찌개에 파를 송송 썰어 넣으니 감칠맛이 나요.

將蔥細細切碎加入辛奇湯裡，味道很好。

4. 끊다

> [1] 具有「剪斷線、繩子、帶子等原本相連在一起的物體，使之分開」、「切斷或分離某物的連結」的意思。
>
> [2] 指終止或中斷某種流程或連接狀態、停止供應原本供應的物品、切斷人與人之間的關係等動作。
>
> [3] 停止做如同習慣一般的事情時，也可以用「끊다」來表達。

[1] 실을 끊다 / 테이프를 끊다 / 고무줄을 끊다

切斷線／切斷膠帶／弄斷橡皮筋

[2] 교제를 끊다 / 발길을 끊다 / 소식을 끊다 / 연락을 끊다 / 왕래를 끊다

斷絕往來／斷絕往來／斷絕消息／斷絕聯繫／斷絕往來

회사에서 너무 스트레스를 받으면 세상과 인연을 끊고 산속으로 들어가 버리고 싶을 때가 있다.

如果在公司的壓力太大，有時會想躲進山裡，與世隔絕。

제때 요금을 납부하지 않으면 언제든 끊어지는 것들 : 가스, 수도, 전기

如果不按時繳費，隨時會被切斷的東西：瓦斯、自來水、電力

[3] 술을 끊다 / 담배를 끊다 / 도박을 끊다

戒酒／戒菸／戒賭

請選出正確的選項。（一題可能有兩個以上的答案）

1. 나무꾼은 깊은 산 속에 들어가 날카로운 도끼로 나무를 _____ .
   a) 잘랐습니다   b) 베었습니다   c) 썰었습니다   d) 끊었습니다

2. 일주일에 너댓 번씩 술을 마셨던 줄리앙 씨는 독한 마음을 먹고 술을
   _____ .
   a) 잘랐습니다   b) 베었습니다   c) 썰었습니다   d) 끊었습니다

3. 양파를 가늘고 길게 _____ , 그 양파를 기름에 볶으세요 .
   a) 자른 후   b) 벤 후   c) 썬 후   d) 끊은 후

4. 파티 준비를 위해 과일을 작은 조각으로 _____ .
   a) 잘랐습니다   b) 베었습니다   c) 썰었습니다   d) 끊었습니다

5. 정육점에서 고기를 살 때 크고 두툼하게 _____ 부탁하면 , 사장
   님이 그렇게 해 주실 거예요 .
   a) 잘라달라고   b) 베어달라고   c) 썰어달라고   d) 끊어달라고

6. A4 용지를 6 등분해서 _____ .
   a) 잘라 주세요   b) 베 주세요   c) 썰어 주세요   d) 끊어 주세요

7. 만날 때마다 나의 기분을 상하게 했던 친구와 결국 인연을
   _____ .
   a) 잘랐다   b) 베었다   c) 썰었다   d) 끊었다

8. 치마에 작은 실밥이 여기저기 튀어 나와 있어서 가위로 _____ .
   a) 잘라냈어요   b) 베어냈어요   c) 썰어냈어요   d) 끊어냈어요

1. **b) 베었습니다**
   中譯｜樵夫走進深山，用鋒利的斧頭砍樹。
   解說｜由於是使用鋒利沉重的「斧頭」，將深深紮根於土裡的樹木從原本所在
   之處取走的行為，所以要用「베다」。

2. **d) 끊었습니다**
   中譯｜每週喝四、五次酒的朱利安，痛下決心戒酒了。
   解說｜用「끊다」來表示停止成癮或長久以來習慣的行為，如술을 끊다（戒酒）、
   담배를 끊다（戒菸）、도박을 끊다（戒賭）、게임을 끊다（戒遊戲）等。

3. **c) 썬 후**
   中譯｜請將洋蔥切成細絲，然後用油爆炒洋蔥。
   解說｜在砧板上執行用「刀」將食材切小的動作時，要用「썰다」表達。

4. **a) 잘랐습니다或 c) 썰었습니다**
   中譯｜將水果切成小塊，為派對做準備。
   解說｜蘋果是小型水果，用「水果刀」將它切得更小塊以方便食用，可以用「자
   르다」來表示。另外如果是將水果放在砧板上切塊的話，也可以用「썰다」
   來表達。

5. **c) 썰어달라고**
   中譯｜在肉店買肉時，如果要求將肉切成厚實的大塊，老闆就會那樣幫我們切。
   解說｜由於是將肉放在砧板上用「刀」切成幾等份，所以適合用「썰다」。

6. **a) 잘라 주세요**
   中譯｜請幫我將 A4 紙裁成六等份。
   解說｜紙、色紙、卡片等以「張」為單位量詞的物品，要用「자르다」。

7. **d) 끊었다**

中譯｜我最終還是跟每次見面都害我心情不好的朋友斷絕了關係。

解說｜與人斷絕關係時，要用「끊다」表達，例如인연을 끊다（切斷緣份）、발
   길을 끊다（斷絕往來）、연락을 끊다（斷絕聯繫）、관심을 끊다（不再關
   心）等說法。

8. **a) 잘라냈어요**

   （如果不是用剪刀，而是用手把線頭拔掉，就要用「d) 끊어냈어요」）

中譯｜裙子上到處都是小線頭，所以我用剪刀把它們剪掉了。

解說｜如果斷面乾淨俐落且整齊，就用「자르다」；如果斷面不規則、不整齊，
   該斷面不是用工具，而是用手或牙齒切斷的，就用「끊다」。

짓다 / 세우다 / 건설하다 / 건축하다

짓다

主要指建造房屋、建築物等由牆壁和柱子組成的空間之整體行為

세우다

主要指完成建築物或結構物，使之能矗立於特定地點的行為

건설하다

主要指規劃和進行大型工程或設施的行為

건축하다

主要指設計和親手建造的整體行為

1. 짓다

「짓다」主要指建造房屋、建築物等由牆壁和柱子組成的空間之整體行為。包括建築設計、支付費用和現場施工建設的所有過程，有時也會用來單指其中一項行為。짓다可能是指本人親自拿著工具施工，或是支付房屋或建築物完工的費用，也有可能是指建設原本不存在的房屋或建築物並成為其所有人。

지영 씨는 땅을 먼저 사고 그 땅에 집을 지어서 살고 있어요.

智英先買了一塊土地，然後在那塊土地上建造房子居住。

은퇴 후 귀농 생활을 꿈꾸는 사람들이 많아지면서, 손수 흙집을 지어 살고 싶다는 로망을 가진 50 대들이 늘어나고 있어요.

越來越多的人夢想退休後回歸田園生活，嚮往親手建造黃土屋居住的五十多歲男女也隨之增加。

최 사장님은 원래 있던 낡은 상가 건물을 허물고, 20 층이 넘는 고층 오피스 건물을 지으셨어요.

崔社長拆除了原本的老舊商業大樓，建造了一棟二十層以上的高層辦公大樓。

2. 세우다

「세우다」主要指完成建築物或結構物，使之能轟立於特定地點的行為，著重於使具有體積的物體垂直立於地面上的意義。「세우다」強調的是立起建築物或結構物的初期行為，而「짓다」強調的是設計和直接建造建築物的整個過程。此外，「세우다」也有設立新部門或機構的意思。

홍콩 스타의 거리에는 정말 멋진 시계탑이 세워져 있어요.

香港星光大道上轟立著一座非常漂亮的鐘樓。

이렇게 길거리에 팻말을 세워 놓으면 보행자들의 보행을 방해하는 거 아니에요?

像這樣在街上豎立牌子，豈不是會妨礙行人通行嗎？

벼가 익어가는 가을이 되면 농부들은 논에 허수아비들을 세워요.

到了稻穗成熟的秋天，農夫就會在稻田裡豎立稻草人。

우리 마을 출신 연예인이 마을 어르신들을 위해 마을 회관을 세워 기증했대요.

聽說我們村子出身的藝人，為村裡的長者們捐贈並建造了一棟社區活動中心。

우리 나라 최초의 초등학교는 1894년 서울에 세워진 교동초등학교예요.

韓國最早的小學是 1894 年設立於首爾的校洞小學。

3. 건설하다

「건설하다」是指興建新的建築物、設備和設施等，主要是指規劃和進行大型工程或設施的行為。

그 회사는 다음 달에 대형 쇼핑몰을 건설할 예정이다.

該公司計劃下個月興建大型購物中心。

물부족 현상을 해결하기 위해 강 상류에 댐을 건설했다.

為了解決缺水問題，在河川上游修建了水壩。

대규모 아파트 단지 건설 입찰권을 따내기 위해 여러 건설회사들이 경쟁을 벌이고 있습니다.

為了取得大型社區大樓建案的投標權，多家建設公司展開了競爭。

4. 건축하다

「건축하다」主要指根據目的設計房屋、建築、橋樑等結構物，並用泥土、木材、石頭、磚塊、鐵等材料建造或堆砌的行為，意指**設計**和親手建造的整體行為。因此，以此作為職業的人被稱為「건축가（建築師）」。也就是說，建築師是親自設計並帶頭指揮整體建築工作的人。

말이 쉽지, 백 몇 층짜리 빌딩을 건축하는 것이 어디 보통 일인가?

說起來容易，建造一百多層的大樓哪裡是普通的事？

20 세기 중반부터 동양식과 서양식의 혼합형 건축 구조를 가진 건물이 급격하게 늘어났어요.

自二十世紀中葉起，採用融合東西方建築結構的建築物急劇增加。

이 건물은 최근에 건축되었으며 현대적인 디자인을 갖추고 있습니다.

這棟建築是最近建造的，具有現代化的設計。

請圈出正確的內容。（一題可能有兩個以上的答案）

1. 요즘 빨간 벽돌로 <u>지은</u> / <u>세운</u> / <u>건설한</u> / <u>건축한</u> 집이 많지 않아요 .

2. 정부는 국가 인프라를 개선하기 위해 새로운 도로를 <u>짓고</u> / <u>세우고</u> / <u>건설하고</u> / <u>건축하고</u> 있습니다 .

3. 우리는 마을 광장에 큰 크리스마스 트리를 <u>지을</u> / <u>세울</u> / <u>건설할</u> / <u>건축할</u> 계획입니다 .

4. 부자들은 고급 저택을 <u>짓는</u> / <u>세우는</u> / <u>건설하는</u> / <u>건축하는</u> 데에 큰 돈을 쓰곤 합니다 .

5. 정부는 도시 개발과 발전을 위해 도심 친화적인 콘셉트의 새로운 공원을 <u>짓고</u> / <u>세우고</u> / <u>건설하고</u> / <u>건축하고</u> 있습니다 .

6. 이 산은 개발이 아직 많이 이루어지지 않아서 경치가 아름답고 사람의 손이 덜 닿아 깨끗하지만 산세가 험해서 별장이나 펜션을 <u>짓기에는</u> / <u>건축하기에는</u> / <u>세우기에는</u> / <u>건설하기에는</u> 적합하지 않습니다 .

7. 중견기업 P 사가 광역시 외곽 지역에 새로운 공장을 <u>지으면서</u> / <u>세우면서</u> / <u>건설하면서</u> / <u>건축하면서</u> 그 지역의 많은 일자리를 창출했습니다 .

1. **지은或건축한**

   中譯｜近來用紅磚建造的房子並不多。

   解說｜如果是指用紅磚建造房屋的整體行為，就用「지은」；如果是指「用紅磚設計的」房子，就用「건축한」。

2. **건설하고**

   中譯｜政府為了改善國家基礎設施，正在建設新的道路。

   解說｜意指興建新的建築物、設備或設施，而且修建原本不存在的道路屬於大型工程，所以要用「건설하다」。

3. **세울**

   中譯｜我們計劃在鎮上的廣場豎立一棵大型聖誕樹。

   解說｜「세우다」是指完成垂直豎立某結構物，將之固定在特定地點的行為，所以此處適合用「트리를 세우다」。

4. **짓는或건축하는**

   中譯｜有錢人經常會花大錢建造高級住宅。

   解說｜如果是指建造高級住宅的整體行為，就用「짓는」；如果想強調是用自己的專屬設計特別建造的高級住宅，就用「건축하는」。

5. **건설하고**

   中譯｜政府為了城市的開發與發展，正在建設新的都會型概念公園。

   解說｜由於是建造包含「設施」與「設備」在內的「公園」，與「按照想要的設計堆砌土木材料的建築行為」相去甚遠，所以不能用「건축하다」。另外，「公園」是未被牆壁或柱子阻隔的寬廣平面空間，是一個開闊的地方，所以也不適合用「세우다」和「짓다」，因此此處應該要用「건설하다」。

6. **짓기에는或건축하기에는或세우기에는**

   中譯｜這座山尚未被大量開發，所以景色優美、人跡罕至，非常乾淨，但由於山勢險峻，所以不適合建造別墅或山莊。

   解說｜如果是指堆砌牆壁和豎立支柱來建造一兩棟建築的行為，就用「짓기에는」；如果是指按照希望的「設計」來建造，就用「건축하기에는」；如果要表示使該建築物矗立在固定位置，就用「세우기에는」。換句話說，如果重點放在建築物存在的形成，就用「짓다」；如果建築物的存在是根據業主想要的設計而產生的，就用「건축하다」；如果目的是讓該設施或建築物矗立在固定空間，就用「세우다」。

7. 지으면서或건설하면서或세우면서

中譯｜中堅企業 P 公司在直轄市郊區建設新工廠的同時，為該地區創造了許多工作機會。

解說｜可以用「지으면서」表示因在那塊土地上建造工廠而直接雇用居住在當地的人，意味著這項工程本身創造了大量的工作機會。除此之外，也可以用「건설하면서」來表示在那個地方興建新的工廠的意思。最後也可以用「세우면서」來表示「設立」工廠的意思，此時指的是工廠的存在創造了該地區的工作職缺，意思是因為工廠位於那裡，所以人們會蜂擁而至到該工廠就業，並不是原本居住在當地的人工作機會變多的意思。此外，由於工廠是不太重視設計元素的設施，所以不適合用「건축하면서」。

외치다 / 소리치다 / 고함치다 / 비명을 지르다

외치다
通常指為了向對方傳達某種訊息或引起對方注意而大喊的行為

소리치다 / 소리를 지르다
表示大聲喊叫，主要用於情緒激動時或緊急情況

고함치다
表示大吼大叫，意指發出強烈的聲音進行訓斥或責罵的動作

비명을 지르다
遇到非常驚訝、危險、痛苦或緊急的事情時，大聲地發出尖銳的聲音

1. 외치다

> 表示為了引起別人的注意或讓別人做出某種行動而大聲呼喊。외치다通常是指為了向對方傳達某種訊息或引起對方注意而大喊的行為，主要用於大聲且有力地傳達口語訊息的時候。在從高處往低處大聲喊叫，或是從低處往高處喊叫等具有「方向性」的情況下，也可以用「외치다」表示。

" 도와주세요!" 라고 외쳤지만, 주변 사람들은 내 소리를 듣지 못했다.

儘管我大喊：「請幫幫我！」但周圍的人卻聽不到我的聲音。

축구 경기에서 팬들은 선수들을 응원하기 위해 함성을 외치고 있다.

在足球比賽中，球迷們正在為選手加油吶喊。

2. 소리치다 / 소리를 지르다

> 表示大聲喊叫。「소리치다」是指大聲喊叫的動作，主要用於情緒激動時或緊急情況下，也可以用於引起周圍人的注意或在緊急情況下尋求幫助等情況。「소리치다」主要用於以不特定多數為對象時，而「소리를지르다」則是用於有特別針對的對象時。

지영이는 화가 나서 소리쳤지만, 아무도 지영이의 말을 듣지 않았다.

智英憤怒地大叫，但沒有一個人聽智英的話。

스태프들이 마이크에 대고 소리치며 관객들에게 비상대피 요령을 알렸습니다.

工作人員對著麥克風高喊，告訴觀眾緊急避難要領。

화재 경보가 울리자 모두가 소리치며 건물을 빠져나갔다.

火災警報一響，所有人都大叫著跑出大樓。

3. 고함치다

> 表示大吼大叫。意指發出強烈的聲音進行訓斥或責罵的動作，或用以表達有多麼憤怒的行動等。通常用於描述以高音量和高強度的聲音吶喊的情況。此外，在上下關係中，當上位者對下位者大聲咆哮以表達憤怒時，就可以用「고함치다」。

수잔은 분노에 차서 찰스에게 고함치며 서럽게 울었어요.

蘇珊憤怒地對查爾斯大吼，傷心地哭了起來。

축구 경기에서 팬들은 승리의 순간에 경기장이 떠나갈 듯 고함쳤다.

在足球比賽中，球迷於勝利的那一瞬間放聲吶喊，球場彷彿要被震飛了。

어린 아이가 놀이기구에 올라가자마자 공포에 차서 고함쳤다.

小朋友一坐上遊樂設施就嚇得大叫。

4. 비명을 지르다

> 意思是在遇到非常驚訝、危險、痛苦或緊急的事情時，大聲地發出尖銳的聲音；通常用於表達驚訝、痛苦、不安、恐懼等情緒時。

하이안은 귀신을 보자마자 공포에 휩싸여 비명을 지르며 도망쳤다.

夏怡安一看到鬼就驚恐地尖叫著逃跑了。

어린 아이가 벌레를 보고 너무 징그러운 나머지 비명을 지르며 도망갔어요.

年幼的孩子看到蟲子覺得很噁心，就尖叫著逃跑了。

비명을 지르는 여성을 보자 모두가 그 여성 주변으로 달려갔습니다.

看到有女性在尖叫，所有人都跑到她身邊了。

請寫出正確的內容。（一題可能有兩個以上的答案）

1. 사고 발생 현장에서 목격자들은 현장의 처참한 모습에 _____ 며 그곳을 벗어났다 .

2. 고객이 계속해서 큰 소리로 _____ 서 안전 관리실 직원에게 지원을 요청할 수 밖에 없었어요 .

3. 왜 항상 내게 _____ 듯이 큰 소리로 이야기를 해요 ? 내가 그렇게 만만해요 ?

4. 야구 경기장에서 큰 소리로 응원 구호를 _____ 야 우리 팀에게 힘이 됩니다 .

5. 벽에 못을 박으려다가 실수로 망치질을 내 손가락에 해 버려서 , 나도 모르게 '아악 !'하고 _____ 다 .

6. 날카로운 _____ 소리가 고막을 찢을 듯이 내 귀를 파고 들었다 . 소리만 들어도 얼마나 잔인한지 짐작할 수 있을 정도였다 .

7. 친구들이 복도에서 뛰어다니면 , 어김없이 선생님이 나타나 '뛰지 말라고 했지 ?' 라고 큰 소리로 _____ 십니다 .

8. 산에 올라가서 '야호 !'라고 _____ 는 건 사실 야생동물들을 해치는 행동이래요 . 하면 안 되겠어요 .

1. **비명을 지르**

   中譯｜在事故發生現場，目擊者們看到現場的慘況就尖叫著逃離了那裡。

   解說｜發生事故時，通常會用大叫的方式來表達震驚和恐懼。雖然「고함을 치다」是為了表達驚訝和恐懼等激烈情緒而發出響亮的聲音，但它是用於「責罵或訓斥時」的說法，所以不適合用在此處。「비명을 지르다」是指發出巨大而尖銳的聲音來表達驚嚇和恐懼的行為，所以適合用在這句話裡。

2. **고함을 쳐**

   中譯｜客戶一直大聲咆哮，我們不得不向安全管理室的員工求助。

   解說｜此處指的是顧客用以表達自己有多憤怒的行動，所以適合用「고함치다」。另外當 A 責罵或訓斥 B 時、上下關係中的上位者對下位者發怒時會使用「고함을 치다」，而在「顧客」和「員工」的關係中，「客戶」處於「上位」，因此適合用「고함을 치다」。

3. **소리치**

   中譯｜為什麼你總是吼叫似地對我大聲說話？我就那麼好欺負嗎？

   解說｜소리치다、윽박지르다兩者皆可使用。意思是為什麼總是那樣大呼小叫（貼近台語的大小聲講話）？所以要用「소리치다」。由於不是受到驚嚇（비명을 지르다）或從高處往低處喊叫（외치다）的情況，所以用「소리치다」是最恰當的。

4. **외쳐**

   中譯｜在棒球場上要大聲高喊加油口號，才能給我們的隊伍帶來力量。

   解說｜「구호를 외치다（喊口號）」和「함성을 외치다（吶喊）」是固定搭配的片語。像這樣眾人齊聲高喊的情況，通常都會用「외치다」表示，而且「在運動場加油」就是「大聲而有力地傳達口語訊息」的意思，所以適合用「외치다」。

5. **소리를 질렀或비명을 질렀**

   中譯｜我想在牆上釘釘子，卻不小心鎚到自己的手指頭，不禁「啊！」地叫了一聲。

   解說｜有可能是因為太痛才「啊！」地叫了一聲，也有可能是「因為流血和太過疼痛而感到恐懼」才尖叫，兩者皆有可能。如果目的是為了表達疼痛，就用「소리를 지르다」；如果目的是為了表達「恐懼和擔憂」，就用「비명을 지르다」。

6. **비명**

中譯 | 尖銳的慘叫聲彷彿要刺破鼓膜似地鑽進我的耳朵裡，光聽聲音就能想像有多麼地殘忍。

解說 | 通常會與「날카로운（尖銳的）」這個形容詞搭配的詞彙是「비명 소리（尖叫聲）」。另外句子裡使用了「잔인하다（殘忍）」這個形容詞，可以感受到「害怕、悲慘、痛苦、不安、恐怖」等情緒，所以適合用「비명」。

7. **고함을 치或소리를 지르**

中譯 | 每當朋友在走廊上跑來跑去，老師肯定會出現並大喊：「不是叫你們不要用跑的嗎？」

解說 | 由於訓斥學生的「老師」和被罵的「學生」之間存在階級關係，因此可以用「고함을 치다」；若是要表達老師想儘快引起學生注意以達成想要的結果（不跑）之迫切心情，也可以用「소리를 지르다」。

8. **외치**

中譯 | 據說登上山頂高喊「呀吼！」的行為，其實會傷害野生動物，以後不能這樣做了。

解說 | 從高處往低處大聲呼喊，可以用「외치다」來表達。此外，在山頂高喊「呀吼」並不是針對特定對象而喊的，所以不適合用「소리를 지르다」和「고함치다」。最後，由於不是用來表達恐懼、痛苦、不安等情緒，所以也不適合用「비명을 지르다」。

간단하다 / 단순하다

$$1+1=2$$
$$2+2=4$$
$$3+3=6$$

간단하다

①簡略。②事情或衣著簡單、輕便。③事情的處理程序或方式不麻煩，很容易

단순하다

①不複雜。②個性或想法天真純樸。③沒有任何企圖、條件或限制等

1.간단하다(쉽다)

「간단하다」有以下幾種意思：①簡略。②事情或衣著簡單、輕便。③事情的處理程序或方式不麻煩，很容易。

해외 여행할 때 출국과 입국 시 <mark>간단한</mark> 절차를 밟아야 한다.

出國旅行，出入境時要辦理簡單的手續。（不需要花很長時間，很容易的）

이 책의 줄거리를 <mark>간단하게</mark> 요약해 볼까요?

可以簡單地概括這本書的概要嗎？（不要太長，只挑出重點就好）

오늘 퇴근이 늦었으니까 저녁은 <mark>간단하게</mark> 먹자.

今天比較晚下班，晚餐就簡單地吃吧。（不要吃烹調方式複雜或量多的食物）

내일 모임에는 <mark>간단한</mark> 옷차림으로 오시면 돼요.

明天的聚會穿簡便的服裝來就可以了。（沒有規定的形式，穿舒服的衣服來就行了）

2.단순하다(복잡하지 않다)

「단순하다」有以下幾種意思：①不複雜。②個性或想法天真純樸。③沒有任何企圖、條件或限制等。

복잡하게 살지 말고 <mark>단순하게</mark> 사는 게 좋아요.

不要活得那麼複雜，活得單純點比較好。

<mark>단순하게</mark>, 느긋하게, 행복하게 사는 삶을 꿈꾸고 있어요.

我夢想過簡單、輕鬆、幸福的生活。

무슨 일이든 그렇게 <mark>단순하게</mark> 생각하지 말고, 그 일의 맥락을 좀 읽어 봐.

任何事情都別想得那麼簡單，要瞭解事情的來龍去脈。

저는 <mark>단순한</mark> 성격이라 이것저것 복잡하게 생각하지 않아요.

我個性單純，所以不會想東想西想得很複雜。

우리 모임은 이익 목적이 아니라 단순히 만나서 취미 생활을 공유하는 모임이에요.

我們的聚會不以利益為目的，而是單純見面分享興趣的聚會。

另外，從反義詞來看的話，「간단하다」更接近「어렵지 않다（不困難）」的意思，「단순하다」則更接近「복잡하지 않다（不複雜）」的意思。因此，「이 수학 문제는 간단하다（這道數學題很簡單）」這句話的意思是「이 수학 문제는 풀기 쉽다（這道數學題很容易解答）」；而「이 옷감의 무늬는 단순하다（這塊布料的花紋很簡單）」的意思則是沒有使用複雜的花紋和顏色。

돈으로 해결할 수 있는 문제는 오히려 간단하다.

能用錢解決的問題反而簡單。（是容易解決，不難的問題）

대만식 채소 볶음의 레시피는 대부분 간단하다.

台式炒菜的食譜大部分都很簡單。（容易烹調，並使用簡單的材料）

스마트폰은 그 사용법이 직관적이며 단순하다.

智慧型手機的使用方法直觀又簡單。（沒有複雜的功能，容易操作）

사람과 사람 사이의 문제는 그렇게 단순하지 않다.

人與人之間的問題沒有那麼單純。（是複雜的問題）

에두아르 마네는 프랑스의 인상주의 화가로, 화풍의 특색은 단순한 선 처리와 강한 터치, 풍부한 색채감에 있다.

愛德華‧馬奈是法國印象派畫家，其繪畫風格的特色在於簡單的線條處理、強烈的筆觸和豐富的色彩感。（線條處理簡潔、不複雜、不多層重疊）

練習一下！

請選出正確的選項。

1. 「이 문제는 간단하다」這句話的意思是？
   a) 이 문제는 해결하기 쉽다.
   b) 이 문제는 복잡하다.
   c) 이 문제는 이해하기 어렵다.
   d) 이 문제는 해결하는 데 시간이 많이 걸린다.

2. 「간단하다」能替換成什麼字？（可能有兩個以上的答案）
   a) 복잡하지 않다. b) 어렵지 않다. c) 쉽다. d) 단순하지 않다.

3. 이 옷은 (단순한 / 간단한) 디자인이에요.

4. (단순한 / 간단한) 디자인 때문에 이 제품은 제작 단가가 낮아요.

5. 이 문제는 (단순해 / 간단해) 보이지만 꽤 어려워요.

6. 아이들에게 말할 때는 (간단한 / 단순한) 언어를 사용해야 합니다.

7. 우리 회사의 경영 철학은 (단순합니다 / 간단합니다).

8. 이번 문제는 그렇게 (단순하게 / 간단하게) 풀리지 않을 것 같아요.

9. 저는 (간단한 / 단순한) 것을 좋아합니다.

解答

1. a
   中譯│ a) 這個問題很容易解決。 b) 這個問題很複雜。 c) 這個問題很難理解。
   d) 這個問題需要花很多時間解決。
   解說│ 이 문제는 해결하기 쉽다 (這個問題很容易解決) ，這句的意思是「難度低」，可以用「간단하다」和「쉽다」來表達，所以正確答案是 a。

2. **b、c**
   中譯｜ a) 不複雜。 b) 不難。 c) 容易。 d) 不單純。
   解說｜「어렵지 않다」和「쉽다」是「不難、容易」的意思，而「복잡하지 않다」與「단순하다」意思相近。與「難度」有關的說法可整理為「어렵다（困難）/ 쉽다（容易）/ 간단하다（簡單）/ 간단하지 않다（不簡單）/ 난이도가 낮다（難度低）/ 난이도가 높다（難度高）」等。

3. **단순한**
   中譯｜這件衣服設計簡單。
   解說｜意思是與變化很快的潮流不同，這件衣服能夠穿很久，且花樣不複雜，所以適合用「단순하다」。

4. **단순한**
   中譯｜由於設計簡單，該產品的製作成本很低。
   解說｜意思是因功能不多或不足，以及低品質的設計，所以價格低廉，所以適合用「단순하다」。「간단하다」主要用於討論「難度」時。

5. **간단해**
   中譯｜這個問題看起來簡單，其實很難。
   解說｜此處要表達的是從外面看起來很容易，但內部複雜難解，所以應該用「어렵다」的反義詞、「쉽다」的同義詞「간단하다」。假如這句話的謂語是「꽤 복잡해요（很複雜）」，答案就會變成其反義詞「단순해（단순하다）」。

6. **간단한**
   中譯｜跟孩子們說話時應使用簡單的語言。
   解說｜跟孩子們說話時，應該配合孩子的水準，不使用困難的語言或內容，要用容易理解、簡潔的語言，所以這裡適合用「간단하다」。

7. **단순합니다**
   中譯｜我們公司的經營理念很簡單。
   解說｜表示是不用複雜的架構或方式，而是用簡單明瞭的方式傳達經營理念，所以適合用「단순하다」。

8. **간단하게**
   中譯｜這次的問題似乎沒那麼容易解決。
   解說｜問題內容很難或是不容易解決的情況，要用「간단하지 않다（不簡單）」或「쉽지 않다（不容易）」來表達。

9. **단순한**
   中譯｜我喜歡單純的東西。
   解說｜題目的意思是偏好不複雜、簡潔的東西，在生活中也追求不複雜的事物，所以要用「단순하다」。

무섭다 / 두렵다

무섭다

主要表示對不愉快或令人厭惡的事物之恐懼或不安，也可用來表示對方的本性或氣勢非常凶狠，令人感到畏懼或震驚

두렵다

通常表示對意想不到的情況或危險感到的不安，也可表示因可能會有危險或被傷害而心懷顧忌或擔憂

這兩個單字都是指「從某種情況或對象感受到威脅而想逃跑的情緒或感覺」、「使人感受到威脅並想逃跑的對象、情況或狀態」。

비 오는 밤에 아무도 없는 길을 걸으니 무서운 / 두려운 느낌이 들었다.

下雨的夜晚走在空無一人的街道上，令人感到害怕。

1) 當「무섭다」和「두렵다」用來表示「對某種情況或對象有所顧忌，或者擔心發生壞事的不安心理狀態」時，兩者可以互相替換使用。但從情緒上來看，「두렵다」可以用在比「무섭다」更誇張的情況下。

다른 사람에게 죄를 짓는다는 것은 무섭고 두려운 일이다. 늘 언제 들킬지 몰라 전전긍긍해야 하기 때문이다.

對別人犯罪是一件可怕的事情。因為不知道何時會被發現，總是得戰戰兢兢的。

나는 조용한 집에 혼자 있는 것이 무섭다 / 두렵다.

我害怕一個人待在安靜的家裡。

내일 수술을 받는 것이 무서워 / 두려워 잠이 들 수 없었다.

我擔心明天要接受手術的事，所以睡不著。

2) 「두렵다」通常用來表示對意想不到的情況或危險感到的不安，而「무섭다」主要用來表示對不愉快或令人厭惡的事物之恐懼或不安。另外，「무섭다」大多用於實際存在危險或威脅時，而「두렵다」可用於想像的、預測的情況，也可用於實際存在的危險。

긴급상황이 발생하면 대처할 자신이 없어서 두렵다.

如果發生緊急狀況，我沒自信能應對，所以很害怕。

낯선 장소에 가야 하는 일이 생길 때마다 두려운 마음이 앞선다.

每當有事不得不去陌生場合時，我就會先心懷恐懼。

어젯밤 악몽이 너무 무서워서 아직도 그 내용이 생생하다.

昨晚的惡夢太可怕了，夢中的內容至今仍歷歷在目。

이웃 사이로 자주 마주치던 사람이 알고보니 살인범이라는 말을 들었을 때 정말 무서웠다 / 두려웠다.

聽說經常碰面的鄰居竟然是殺人犯時，我真的很害怕。

3) 當「무섭다」用來表示「對方的本性或氣勢非常凶狠，令人感到畏懼或震驚」時，不可與「두렵다」替換使用。

무서운 비명 소리 / 무서운 영화

恐怖的尖叫聲／恐怖的電影

팀장 님의 무섭게 쏘아보는 눈초리는 사람을 긴장시킨다.

組長兇狠逼視的眼神令人緊張。

아무리 무섭고 괴팍한 사람이라도 인간적인 모습 하나쯤은 있기 마련이다.

無論再可怕再乖僻的人，也會有人性化的一面。

4) 當「두렵다」表示「因可能會有危險或被傷害而心懷顧忌或擔憂」時，比起自己實際經歷的感受，大多用於「描述想像或預測的情況」。

점점 다가오는 수능 날짜에 두려운 마음이 커져만 갔다.

隨著學測日期越來越近，我心裡越來越害怕。

불안한 마음이 점점 커져서, 앞으로 무슨 사고가 날지 두렵고, 무슨 일이 벌어질까 두렵다.

不安的心情日漸加深，擔心以後會發生什麼意外，害怕會發生什麼事情。

그렇게 나쁜 짓을 해놓고 후환이 두렵지도 않아?

做了那麼多壞事，你就不怕有後患嗎？

與這幾個單字一起使用的詞可整理如下。（大部分是這樣，但不能說是
100%）

對象	무섭다	두렵다
動物、事件	O	O
人、聲音、眼神	△	O
注目、指責、失敗、後患等	X	O

練習一下！

<練習題 1> 請從「무섭다 / 두렵다」中選擇適當的用詞填入。

1. '_____' 는 위험하거나 예측할 수 없는 것 때문에 불안감을 느끼는 반면 , '_____' 는 끔찍하거나 혐오스러운 것 때문에 불안감을 느끼는 것이다 .

2. '_____' 는 불확실성 또는 위험 때문에 발생하지만 , '_____' 은 일반적으로 끔찍한 것 , 혐오스러운 것 때문에 발생한다 .

<練習題 2> 請選出正確的選項。（一題可能有兩個以上的答案）

1. 저는 뱀이나 거미 같은 파충류나 절지 동물이 (두려워요 / 무서워요) .

2. [속담] 구더기 (두려워 / 무서워) 장 못 담글까 .

3. 비난 받는 것이 (두려워서 / 무서워서) 내가 주장하고 관철해야 할 것을 포기하지는 않아요 .

4. 귀신보다 더 (두려운 것 / 무서운 것) 은 살아 있는 사람이라는 말이 있어요 .

5. 사람들의 시선이 (두려워서 / 무서워서) 하고 싶은 일을 못하고 산다면 정말 불행할 거예요 .

6. 그런 (두려운 / 무서운) 표정으로 저를 보지 마세요 .

解答

<練習題 1>

1. **두렵다 / 무섭다**
   中譯│「두렵다」是因危險或無法預測的事物而感到不安,相反的,「무섭다」
   是因可怕或令人厭惡的事物而感到不安。

   解說│對於有實體的事物之恐懼,要用「무섭다」;對於沒有實體的事物或不明
   確的情況感到的恐懼,由於多了一種「茫然感」,所以要用「두렵다」。

2. **두렵다 / 무섭다**
   中譯│「두렵다」是由不確定性或危險而引起的,但「무섭다」通常是由可怕的
   或令人厭惡的事物引起的。

   解說│對抽象的、不以視覺或聽覺等直觀判斷的事物之恐懼是「두렵다」,對即
   時的、直觀的事物之恐懼要用「무섭다」。

<練習題 2>

1. **무서워요**
   中譯│我害怕蛇、蜘蛛之類的爬蟲類或節肢動物。
   解說│蛇和蜘蛛是可視覺化的「直觀判斷」,所以要用「무섭다」。

2. **무서워**
   中譯│〔諺語〕能因為怕蛆就不做醬嗎?
   解說│這是一句諺語,也是慣用表現。用來表示不能因害怕小事而不做大事(勿
   因噎廢食)的意思。實際上,蛆有著令人厭惡的噁心外表,所以更適合
   用「무섭다」來表達。

3. **두려워서**
   中譯│我不會因為害怕受到批評,就放棄我所主張、應該貫徹的事。
   解說│指責、批判、背後嚼舌根等都是抽象的、沒有實際形體的東西,所以適
   合用「두렵다」。

4. **무서운 것**
   中譯│有句話說「人比鬼更可怕」。
   解說│「活人」有實體,可以實際造成危害。鬼是看不見的,而人是看得到的;
   這句話的意思是能夠隨心所欲行動的人,做起壞事比鬼還厲害,所以適
   合用「무섭다」。

5. **두려워서**

中譯｜假如因為害怕眾人的視線而不能做自己想做的事情，那真的會很不幸。

解說｜我所感覺到的他人視線、眼神、表情等，要用「두렵다」表示；描述他人的視線和眼神時，則要用「무섭다」，表示「氣勢凶狠到令人感到害怕或驚訝的程度」。

6. **무서운**

中譯｜請不要用那麼可怕的表情看著我。

解說｜同上方第 5 題的解說。

기쁘다 / 즐겁다 / 유쾌하다

기쁘다

主要是指在缺少某種東西的狀態下，缺乏的東西被填滿，或是盼望的事情得以實現，因此產生的美好感受，關鍵在於「心理判斷」；反義詞為슬프다

즐겁다

指在平常心的狀態下加上積極的因素，因此產生的正面情緒；反義詞為괴롭다

유쾌하다

主要表示「由其他事物造成的愉悅狀態」，是比「기쁘다」和「즐겁다」更消極、更細微的情緒狀態，並且是在限定情況下感受到的情緒；反義詞為불쾌하다

這三個詞意味著對某種事實、事情、現象有著正面、良好的感覺。

나는 내가 좋아하던 아이돌 그룹의 콘서트에 가서 몹시 기뻤다.

我去看了喜歡的偶像團體演唱會，非常開心。

오늘 기쁜 마음으로 봉사활동을 했다.

今天懷著愉悅的心情做了志工活動。

친구들과 함께 유쾌한 하루를 보냈다.

和朋友們一起度過了愉快的一天。

1.기쁘다

「기쁘다」主要是指在缺少某種東西的狀態下，缺乏的東西被填滿，或是盼望的事情得以實現，因此產生的美好感受，關鍵在於「心理判斷」。所以只能用在主詞為第一人稱的陳述句，或是主詞為第二人稱的疑問句。

오늘 뵙게 되어 기쁩니다. (즐겁다 X / 유쾌하다 X)

今天見到你很開心。

나는 기쁘지 않은 일을 할 때 얼굴 표정에 다 드러난다.

我在做不開心的事情時，全都會表現在臉上。

그렇게 가고 싶어하던 전시회에 가게 되었는데, 왜 기쁜 표정이 아니야?

你那麼想去的展覽也去了，為什麼表情還是不開心？

2.즐겁다

「즐겁다」指的是在平常心的狀態下加上積極的因素，因此產生的正面情緒。

즐거운 여행 / 즐거운 휴가 / 즐거운 방학 / 즐거운 분위기

快樂的旅行／愉快的假期／愉快的假期／歡樂的氣氛

아이들이 놀이터에서 즐겁게 놀고 있다.

孩子們在遊樂場玩得很高興。

새로운 학문을 접하는 것은 즐거운 일이다.

接觸新的學問是一件愉快的事情。

因此當我們說「친구를 만나서 같이 쇼핑하는 것이 **기쁘다**」時，所表達的是
一直很期待跟朋友見面一起購物，並對於期待被滿足的這個「事實」感到
高興。相反的，當我們說「친구와 만나서 같이 쇼핑하는 것이 **즐겁다**」時，
所表達的是對跟朋友見面後度過的「時間」和「過程」，以及藉此獲得的「經
驗」感覺良好。

3.유쾌하다

「유쾌하다」主要表示「由其他事物造成的愉悅狀態」，是比「기쁘다」
和「즐겁다」更消極、更細微的情緒狀態，並且是在限定情況下感受到
的情緒。反義詞是「불쾌하다」。

다른 사람의 땀 냄새를 맡는 것은 유쾌하지 않아요.

聞到別人的汗味並不是件愉快的事。

유쾌한 사람과 함께 하는 일은 늘 즐겁다.

跟愉快的人一起工作總是很開心。

유쾌한 성격 / 유쾌한 기분 / 유쾌한 분위기

愉快的性格／愉快的心情／愉快的氣氛

請選出<u>正確的</u>選項。

1. 회사에서 선배한테 혼났어요 . 별로 (유쾌한 / 즐거운 / 기쁜) 경험은
   아니네요 .

2. 아이들이 천진난만하게 뛰어노는 모습을 보면 나도 모르게 (즐거워
   져요 / 유쾌해져요 / 기뻐져요) .

3. 안녕하세요 , 김민수입니다 . 여러분과 만나게 되어 (기쁩니다 / 유쾌
   합니다 / 즐겁습니다) .

請選出<u>錯誤的</u>選項。 （一題可能有兩個以上的答案）

4. (나는 / 너는) 기쁘지 않은 얼굴로 그 자리에 서 있었다 .

5. 내 동생이 시험을 잘 봐서 (기쁘다 / 유쾌하다 / 즐겁다) .

6. 나는 오늘 (기쁜 / 유쾌한) 소식 하나와 슬픈 소식 하나를 들었다 .

7. 請將相反意思的單字連起來。

   즐겁다·　　　　·유쾌하다

   불쾌하다·　　　　·슬프다

   기쁘다·　　　　·괴롭다

解答

1. **유쾌한**
   中譯｜我在公司被前輩罵了，這並不是什麼愉快的經驗。
   解說｜這是在被前輩罵的情況下所產生的情緒。這句話裡的我的心情，不是因為自己而改變，是因為別人（前輩）而產生變化，所以應該用「유쾌하다 / 불쾌하다」來表達。

2. **즐거워져요**
   中譯｜看到孩子們天真爛漫玩耍的樣子，我也不由得開心起來。
   解說｜這是藉由我在觀看孩子們玩耍的「時間」和「過程」所獲得的情緒。不是原本就特別期待的心情，是在平常心的狀態下加上積極因素而產生的情緒，所以應該使用「즐겁다」。

3. **기쁩니다**
   中譯｜大家好，我是金民秀，很高興見到大家。
   解說｜因為見到對方、發生了原本沒有的事而心情變好，這裡還加上了「心理判斷」，所以用「기쁘다」是對的。另外，比起見到對方的過程或經驗，這裡要表達的是對「事實」感到的滿足，因此適合用「기쁘다」。

4. **너는**
   中譯｜我一臉不開心地站在那裡。
   解說｜「기쁘다」用於第一人稱陳述句和第二人稱疑問句，所以「나는」是對的，「너는」是錯的。

5. **유쾌하다、즐겁다**
   中譯｜我為弟弟考試考得好而開心。
   解說｜讓我感到開心的是弟弟考試考得好的「事實」。在考好的「過程」和「經驗」中並沒有我，所以用「기쁘다」才是對的。另外，弟弟考得好的事實不是由他人造成的，考試結果也不會直接對別人造成影響，所以不適合用「유쾌하다」。

6. **유쾌한**
   中譯｜我今天聽到一個好消息和一個壞消息。
   解說｜기쁜 소식（好消息）和슬픈 소식（壞消息）是用來表示 good news 和 bad news 的慣用說法，請記下來。

解答

7.

부끄럽다 / 창피하다 / 수치스럽다

부끄럽다

大多用於自己的行動或想法沒有達到本人的預期和標準，因而感到不滿意的情況，判斷標準是「自己」

창피하다

因自己的行為或處境而受到他人檢視或評價，導致「抬不起頭」的狀態，判斷標準是「其他人」

수치스럽다

程度上比부끄럽다和창피하다更嚴重，表示極度羞愧和丟臉

這幾個單字都表示「無法問心無愧，有所顧忌的狀態」。

1. 부끄럽다

「부끄럽다」和「창피하다」都是指自認對某對象或事實無法問心無愧，所以不能表現得光明磊落的狀態。但是，「부끄럽다」大多用於自己的行動或想法沒有達到本人的預期和標準，因而感到不滿意的情況。也就是說，「부끄럽다」的判斷標準是「自己」。

저는 한국어를 배우고 있지만 아직 잘 못해서 부끄럽습니다.

雖然我在學韓語，但很慚愧的是我還說不好。（不滿意自己的韓語實力沒達到原本預期的水準）

아이는 허름한 집에 살고 있는 것이 왠지 부끄러워서 친구를 집에 초대하지 않았다.

孩子對於住在破舊的房子裡莫名感到羞愧，所以都不邀請朋友來家裡。（對這個房子做出評價的是孩子「自己」）

此外，「부끄럽다」也可用來表示雖然不是問心有愧的事，卻因不熟練或尷尬而無法自信地表現出來的狀態。

제가 쓴 책을 이렇게 많은 사람들 앞에서 직접 소개하려니 좀 부끄럽네요.

要在這麼多人面前親口介紹自己寫的書，真有點不好意思。

여자친구와 처음으로 손을 잡을 때 너무 떨리고 부끄러워서 얼굴이 빨개졌어요.

第一次跟女朋友牽手時，我又緊張又害羞，臉都紅了。

평소에 입지 않던 짧은 바지를 입으니 왠지 모르게 부끄러워서 자꾸 허벅지를 가리게 된다.

穿了平時不穿的短褲，總覺得莫名害羞，所以一直遮掩大腿。

내성적인 성격인 나는 사람들과 처음 만나는 자리에서 자기소개를 할 때 너무 부끄러워 목소리가 작아진다.

個性內向的我在和人初次見面的場合做自我介紹時，非常害羞，所以聲音會變小。

2. 창피하다

> 與「부끄럽다」不同，「창피하다」指的是因自己的行為或處境而受到他人檢視或評價，導致「抬不起頭」的狀態；大多用於沒有達到其他人的標準或期望，或是做出讓別人失望或傷害他人的行為時，此時的判斷標準是「其他人」。

저는 친구와 싸웠는데, 제가 잘못한 거 같아서 사실은 좀 창피합니다.

我跟朋友吵架了，但好像是我做錯了，其實有點丟臉。（表示因傷害朋友或使其失望而受到他人的檢視或評價，因此感到丟臉）

이번 기말고사에서 수학 점수가 20 점이 나왔어요. 정말 너무 창피해요.

這次期末考試數學考了 20 分。真是太丟臉了。（在意父母、老師或朋友的看法和評價）

부모님께 술에 취한 모습을 보여드려 창피하다.

被父母看到喝醉的樣子，好丟臉。

발표 시간에 발표를 잘 못해서 창피했다.

報告時表現得不好，真丟臉。

因此，「부끄럽다」用於因沒有達到自己的標準或期望而感到不滿意的情況；「창피하다」用於不符合他人的標準或期望，或是令他人失望的情況。另外，對自己所犯「錯誤」的「自我感受」要用「부끄럽다」；對自己所犯「錯誤」的「他人評價」感到無法忍受或痛苦時，要用「창피하다」。

3. 수치스럽다

> 「수치스럽다」的意思與「부끄럽다」和「창피하다」相似，但程度上比「부끄럽다」和「창피하다」更嚴重。如果說「부끄럽다」是「臉紅」的程度，「창피하다」是「抬不起頭」的程度，那麼「수치스럽다」就是「想去某處躲起來」、「想死」的程度，表示極度羞愧和丟臉的狀態。通常被嚴重無視，或是非自願地被拍下身體裸露照片、影片並被轉發，飽受折磨的情況時，就會用「수치스럽다」。

例

사람들 앞에서 큰 모욕을 당한 것이 너무 수치스러워 잊을 수가 없다.

在眾人面前被嚴重侮辱實在太丟臉了，我忘不了。

우리 나라에 극악한 범죄를 저지르는 사람이 많다는 건 부끄럽고 창피한 일이나,
이를 제대로 처벌하지 못한다는 것은 정말 수치스러운 일이다.

韓國有許多人犯下極其惡劣的罪行，這是一件令人羞愧和丟臉的事，但這些人得不到應有的
懲罰，更是一件極為可恥的事。

민수는 다른 사람의 지갑을 주워 그대로 가진 것이 탄로 나서 몹시 수치스러웠다.

撿到別人的錢包並私吞的事被揭發之後，民秀感到非常羞恥。

練習一下！

請選出正確的選項。（一題可能有兩個以上的答案）

1. 意識到自己的不足、無法理直氣壯、覺得羞愧的感受是什麼？
   a. 부끄럽다　　b. 창피하다　　c. 수치스럽다

2. 被別人羞辱時的感受是什麼？
   a. 부끄럽다　　b. 창피하다　　c. 수치스럽다

3. 因為犯錯而遭到他人埋怨的感受是什麼？
   a. 부끄럽다　　b. 창피하다　　c. 수치스럽다

4. 被別人指責，並承認自己做錯且心懷愧疚的感受是什麼？
   a. 부끄럽다　　b. 창피하다　　c. 수치스럽다

5. 因為自己的失誤而在別人面前陷入尷尬處境的感受是什麼？
   a. 부끄럽다　　b. 창피하다　　c. 수치스럽다

6. 如果要向別人展現自己的不足或不善言辭的樣子，會是什麼感受？
   a. 부끄럽다　　b. 창피하다　　c. 수치스럽다

7. 自己意識到自己有缺陷是什麼感受？
   a. 부끄럽다　　b. 창피하다　　c. 수치스럽다

8. 當自己的行為或態度遭到批評時的感受是？
   a. 부끄럽다　　b. 창피하다　　c. 수치스럽다

9. 犯下大錯被發現，想要消失在某個地方的感受是？
   a. 부끄럽다　　b. 창피하다　　c. 수치스럽다

1. a. 부끄럽다

   解說｜當自己以「自己」為標準，覺得無法問心無愧時，應該使用「부끄럽다」。

2. b. 창피하다／ c. 수치스럽다

   解說｜在意自己在「別人眼裡」的樣子，並覺得丟臉時就用 b（창피하다），如果程度很嚴重就用 c（수치스럽다）。

3. b. 창피하다

   解說｜「遭到埋怨」的行為重點在於「他人」，所以用「창피하다」是對的。

4. b. 창피하다

   解說｜因「受到別人的指責」而承認自己的錯誤，並覺得問心有愧，所以答案是 b。

5. a. 부끄럽다

   解說｜這裡指的是因尷尬或不熟悉而害羞的狀態，所以答案是 a。

6. a. 부끄럽다／ b. 창피하다

   解說｜如果是自己意識到自己的不足，就用 a（부끄럽다）；如果是討厭自己的不足被別人指責或批評的感覺，就用 b（창피하다）。

7. a. 부끄럽다

   解說｜判斷標準是「自己」，所以答案是 a。

8. b. 창피하다

   解說｜由於重點在於「遭到批評」，所以答案是 b（창피하다）。假如該行為或態度是「嚴重的錯誤」、會受到社會譴責的事，或是非自願的嚴重裸露身體部位時，就用 c（수치스럽다）。

9. c. 수치스럽다

   解說｜「수치스럽다」的嚴重程度遠遠超越「부끄럽다」和「창피하다」。

서운하다 / 아쉽다 / 섭섭하다

서운하다

內心沒有得到滿足，因與原本想要的相比有所欠缺而感到可惜或遺憾

아쉽다

指在需要時沒有或不夠，因此感到惋惜和不滿足的情緒狀態

섭섭하다

同時感受到失落和遺憾的情緒狀態，且主要用於表達對人（他人）的感受

1. 서운하다

表示內心沒有得到滿足，因與原本想要的相比有所欠缺而感到可惜或遺憾。用來表示因**期待的事情沒有實現**而心痛，或是**感到失望的狀態**。

그 영화를 꼭 보고 싶었는데 이렇게 빨리 내려갈 줄이야⋯⋯. 너무 서운하다!

我很想看那部電影，沒想到那麼快就下檔了⋯⋯真是太可惜了！

이대로 헤어지면 서운하니까, 한 잔 더 할까?

就這樣分開有點可惜，要不要再喝一杯？

아무리 하찮은 물건이라도 오래 사용하며 정이 든 물건이면 잃어버렸을 때 서운하다.

無論多麼微不足道的東西，如果是用久了產生感情的物品，弄丟了都會捨不得。

2. 아쉽다

指在需要時沒有或不夠，因此感到惋惜和不滿足的情緒狀態。「아쉽다」用於因**後悔或留有迷戀**而心情不好的時候，是一種因錯過機會或沒能得到想要的結果而感到遺憾和**無法滿足的情緒狀態**。

이번 경기에서 간발의 차로 승리하지 못해서 너무 아쉽습니다.

這次的比賽因些微的差距未能獲勝，真是太可惜了。

좋아하는 가수의 콘서트 티케팅을 실패했을 때 너무 너무 아쉽고 슬펐다.

沒能買到喜歡的歌手的演唱會門票，我感到非常遺憾和傷心。

해외 출장일과 겹쳐 친한 친구의 결혼식에 참석하지 못해서 못내 서운했고, 그 소중한 시간을 직접 보지 못해서 아쉬웠어요.

我很遺憾因為和海外出差的日期撞期而無法參加好朋友的婚禮，不能親眼目睹那珍貴的時刻，真是太可惜了。

3. 섭섭하다

> 同時感受到失落和遺憾的情緒狀態。因期待某事卻未能實現而感到失落和遺憾的**兩種情緒並存時**，就可以用「섭섭하다」。**「아쉽다」偏重於「後悔和留有迷戀」的意思，而「섭섭하다」則偏重於「失落」、「情緒由好轉壞」、「埋怨」的意思**。此外，「섭섭하다」主要用於表達對人（他人）的感受。

例

내 업적을 인정받지 못해 서운한 마음을 뒤로 하고, 팀장님의 결혼식에 참석할 수밖에 없었다.

我只能將業績沒有得到認可的失落心情拋在腦後，參加組長的婚禮。

저는 선수 시절 때 제 모든 걸 쏟아 부어서 열심히 했기 때문에, 은퇴할 때 조금의 아쉬움도 없었습니다. 오히려 후련했어요.

我在選手時期傾注了一切努力，所以退役時沒有絲毫的遺憾，反而覺得很痛快。

請寫出正確的內容。（一題可能有兩個以上的答案）

1. 하필이면 여행 중에 휴대폰 배터리가 다 돼서 사진을 별로 남기지 못했다 . 너무 _____ .

2. 친하다고 생각했던 친구의 생일 파티에 초대받지 못해서 몹시 _____ . 나 혼자만 친하다고 생각했나 보다 .

3. 중요한 경기에서 우리 팀이 승리해 기쁘지만 , 부상으로 인해 나는 출전하지 못했기에 _____ 이 남는다 .

4. 인생에서 단 한 번뿐일지도 모를 기회를 놓쳐서 _____ .

5. 내가 좋아하는 가수에게 정성이 담긴 선물을 줬는데 , 한 번 쓱 보고 옆으로 바로 치우는 모습을 보니 _____ .

6. 이제 와서 내가 자기를 얼마나 사랑했는지 몰랐다고 하면 나 정말 _____ !

7. 자식처럼 애틋하게 여기던 녀석이 멀리 간다니 _____ 네요 .

8. 박영민 씨가 과장 님이 자기를 무시한 게 분하기도 하고 _____ 기도 했대요 .

1. **아쉽다**
   中譯｜手機偏偏在旅行途中沒電，所以沒能留下多少照片，真是太可惜了。
   解說｜表達因沒能拍多少照片而無法得到滿足的情緒，所以要用「아쉽다」。

2. **섭섭하다**
   中譯｜沒有被邀請參加我認為很要好的朋友的生日派對，我覺得很難過。看來
   　　　只有我單方面覺得我們很要好。
   解說｜「섭섭하다」是對「人」或平常有情感交流的「寵物」等生命體感受到的
   　　　情緒，由於是對「朋友」這個人同時感到失落和遺憾的情緒狀態，所以
   　　　要用「섭섭하다」。

3. **아쉬움**
   中譯｜雖然很高興我們隊在重要的比賽中獲勝，但我因負傷而無法上場，留下
   　　　了遺憾。
   解說｜隊伍取得的成績是令人滿意的，但個人的感受是因自己對這場比賽沒有
   　　　貢獻而覺得抱歉，同時也對自己感到不滿意，所以要用「아쉬움」。

4. **아쉽다**
   中譯｜可惜錯過了一生也許只有一次的機會。
   解說｜錯過機會不是「感到失望的事」，所以不能用「서운하다」；由於不是對
   　　　他人或有感情交流的動物產生的感受，而是因「錯失機會」而感受到的
   　　　情緒，所以用「섭섭하다」也不恰當。

5. **섭섭했다**
   中譯｜我送了一份有誠意的禮物給喜歡的歌手，看見他只看一眼就放到旁邊，
   　　　讓我很難過。
   解說｜我喜歡的歌手是「人（他人）」，我因他沒有真誠對待我準備的禮物而
   　　　感到失落和遺憾，所以要用「섭섭하다」。

6. **서운해**
   中譯｜事到如今還說不知道我有多愛你，我真的很傷心！
   解說｜從「이제 와서（事到如今）」這句話來看，可以推測出這是在分手之後，
   　　　或是提出分手後所說的話，要表達的是對於對方在戀愛時，甚至連到現
   　　　在都還不知道自己有多愛他而感到失望，所以適合用「서운하다」。

7. **서운하**

中譯｜當孩子一樣疼愛的那傢伙去了遠方，還真捨不得。

解說｜並非對曾經當成自己子女般對待的人產生怨恨或埋怨的心情，只是要表達因為住得很遠，以後不能經常見面的空虛心情，所以適合用「서운하다」。

8. **서운하或섭섭하**

中譯｜朴英敏說科長無視他，讓他既氣憤又難過。

解說｜如果是朴英敏平常尊敬和追隨的科長在說話時無視他，讓他感到失望的狀態，就用「서운하다」；如果是更大的失望，連原本的尊敬之情都冷卻下來的狀態，或是被嚴重無視而導致尊敬之情瞬間消失，變成埋怨的狀態，就用「섭섭하다」。

어둡다 / 깜깜하다 / 캄캄하다

어둡다

因周圍沒有光線或光線不足而導致視野模糊、難以看清的情況

깜깜하다

暗到完全感覺不到絲毫光線，用來強調什麼也看不見的狀態

캄캄하다

它指的是比깜깜하다更深沉的黑暗，表示完全的寂靜、沉鬱的氣氛和看不到希望的情況

1. 어둡다

「어둡다」指因周圍沒有光線或光線不足而導致視野模糊、難以看清的情況。另外，也可用於不瞭解某件事或某個事實，表現出愚昧和鬱悶的樣子時。

방이 어두워서 아무 것도 볼 수 없었다.

房間太暗了，什麼也看不見。

세상 물정에 어두워서야 어떻게 이 험한 세상을 살아가겠어.

不懂人情世故，要怎麼在這個險惡的世界生存。

[慣用語] 눈이 어둡다 / 귀가 어둡다

眼睛暗（表示視力不好）／耳朵暗（表示聽力不好，有時具有「貶低」意味，使用時要謹慎）

2. 깜깜하다

「깜깜하다」是指暗到完全感覺不到絲毫光線的狀態，用來強調什麼也看不見的狀態。也可用於因完全無法預測未來或前途而失去希望的時候。沒有聽說某個消息或是對某事一無所知的時候，也可用「깜깜하다」來表示。

밤에 숲 속은 깜깜해서 앞이 보이지 않았다.

夜晚的森林裡一片漆黑，看不見前方。

수잔 씨는 직장도 남편도 없이 오 남매를 키울 생각을 하니 앞이 깜깜했다.

蘇珊一想到要在沒有工作，也沒有丈夫的情況下撫養五兄妹，就覺得眼前一片漆黑。

갑자기 정전이 되어 온 동네가 깜깜하네요.

突然停電，整個社區一片漆黑。

요즘 아키라 씨랑 연락 되는 사람 있어요? 같은 반 친구들도 아키라 씨에 대해서는 소식들이 깜깜해요.

最近有人跟阿基拉聯絡嗎？連同班同學也沒有阿基拉的消息。

[慣用語] 눈앞이 깜깜하다 / 앞이 깜깜하다 / 소식이 깜깜하다

眼前一片漆黑／前途渺茫（表示不知道該怎麼辦才好）／音信杳然

3. 캄캄하다

「캄캄하다」也有黑暗和漆黑的意思，但它指的是比「깜깜하다」更深沉
的黑暗，表示完全的寂靜、沉鬱的氣氛和看不到希望的情況。用於程度
比「깜깜하다」還嚴重的時候。也可用來表示對某個領域一無所知。

例

한적한 교외는 날이 저물면 하늘이 금세 캄캄해진다.

僻靜的郊外，太陽一落山，天色很快就暗了下來。

앞일을 생각하니 캄캄하다.

一想到將來的事就覺得一片黯淡。

민수 씨는 언제나 일에 파묻혀 지냈기에 집안 사정에 대해서는 캄캄했어요.

民秀總是埋頭工作，對家裡的情況渾然不知。

이런 말썽꾸러기를 계속 데리고 있어야 한다니 앞이 캄캄하다.

要繼續帶著這樣惹是生非的人，讓我覺得前途一片黯淡。

[慣用語] 앞이 캄캄하다

前途一片黯淡（表示不知道該怎麼辦才好，比「깜깜하다」更嚴重、更絕望的氣氛）

總結來說，「어둡다」指的是一般的黑暗狀態、光線不足或不明亮的狀態，
「깜깜하다」和「캄캄하다」是強調更深沉的黑暗的說法，其中程度最嚴重
的是「캄캄하다」。

練習一下！

請從「어둡다、깜깜하다、캄캄하다」中選出正確的內容並寫下。（一題可能有兩個以上的答案）

1. 저녁에 퇴근 후 집에 들어올 때 (　　　　) 골목길을 지나 오는데, 그 길이 좀 무서워요.

2. 그 사건에 대해서는 다들 아는 게 없이 (　　　　) 상태예요.

3. 율리아 씨는 갑자기 받은 이별 통보에 앞이 (　　　　).

4. 산 정상에 올라가면 (　　　　) 밤하늘에서 별들을 볼 수 있다.

5. 나이가 들 수록 눈과 귀가 점점 (　　　　) 말도 느려져요. 신체의 노화를 늦추기 위해 운동을 꼭 해야 해요.

6. 그 동네는 가로등이 별로 없어서 저녁만 되어도 바로 (　　　　).

7. 우리 동네에서 일어난 그 사건에 대해서는 아직도 다들 소식이 (　　　　) 상태다.

8. 육아 휴직 후, 원래 일하던 부서가 아닌 업무 내용을 전혀 모르는 부서로 인사 이동이 되었는데, 앞으로 어떻게 해야 할지 정말 앞이 (　　　　).

9. 마음이 (　　　　) 때는 기분이 좋아지는 음악을 듣거나, 좋은 글귀를 필사하면서 내 마음을 잘 들여다보면 좀 나아져요.

1. **어두운**
   中譯｜晚上下班回家時，經過了一條陰暗的小巷，那條路有點可怕。
   解說｜在因周圍光線不足而無法完全確保視野的情況下，要用「어둡다」。

2. **깜깜한或캄캄한**
   中譯｜大家都對那起事件一無所知，處於茫然的狀態。
   解說｜用來表示一絲光線都看不到的絕對黑暗狀態的是「깜깜하다」，用來表示比這更嚴重、更絕望、更絕對的黑暗狀態的是「캄캄하다」。如果要表達對某件事一無所知時的茫然，可根據程度不同來使用這兩個詞彙。

3. **깜깜해졌어요或캄캄해졌어요**
   中譯｜突然收到分手通知，讓尤利亞眼前一黑。
   解說｜表示在沒有預兆的情況下直接收到分手通知的茫然失措，由於「눈앞이 캄캄하다, 깜깜하다 (眼前一片漆黑)」兩者皆可表達「不知該怎麼辦才好」的意思，所以此處無論用哪一種說法都行，只要根據程度的不同來決定採用哪個詞彙即可。

4. **캄캄한**
   中譯｜如果登上山頂，就可以看見漆黑夜空中的星星。
   解說｜不同於城市裡的夜晚，如果在晚上登上山頂，幾乎沒有燈光，只有星星在黑暗中閃爍，此處要表達的是與閃閃發光的星星形成對比的漆黑夜空，因此用「캄캄한」形容會顯得更為生動。

5. **어두워지고**
   中譯｜年紀越大，視力和聽力就會變得越來越差，說話也會變慢。為了延緩身體的老化，一定要運動才行。
   解說｜「어두워지다 (變暗、發黑)」可用於表示身體機能的衰退。常用的說法有눈이 어두워지다 (視力變差)、귀가 어두워지다 (聽力變差)。

6. **깜깜해져요**
   中譯｜那一帶沒有多少路燈，所以一到晚上就會立刻變得一片漆黑。
   解說｜這裡指的不僅是光線不足的程度，而是因路燈故障，是比平常更看不見的黑暗狀態，所以用「깜깜하다」是對的。在城市中，不會出現達到「캄캄하다」程度的絕對黑暗狀態，所以不適合用「캄캄하다」。

7. **깜깜한**
   中譯 | 對於發生在我們社區的那起事件，大家還不知道任何消息。
   解說 | 表示完全沒有消息、沒有任何資訊的意思，可以用「깜깜무소식（杳無音訊）」或「소식에 깜깜하다（對消息一無所知）」等慣用語來表達。

8. **깜깜하다或캄캄하다**
   中譯 | 育嬰假結束後，我從原來工作的部門被調到完全不知道工作內容的部門去，今後該怎麼辦，真是前途渺茫。
   解說 | 要表達不知道未來該何去何從、不知道該怎麼做、找不到辦法等意思時，可以用「(눈) 앞이 캄캄하다」或「(눈) 앞이 깜깜하다」，要使用何者取決於絕望的程度。如果是極度絕望而看不到希望的程度，就用「캄캄하다」；如果是因打擊太大而無法做出判斷，不知該如何是好的程度，就用「깜깜하다」。

9. **어두워질**
   中譯 | 心情低落時，聽一些能讓心情變愉悅的音樂，或是抄寫一些良言佳句，仔細審視自己的內心，就會感覺好一些。
   解說 | 如心情、氛圍等情緒狀態低落時，可用「어둡다」來表達。通常會作「마음이 어둡다（心情暗淡）」的形式使用，類似的說法還有「마음이 흐리다（心情陰沉，表示用陰天來比喻心情）」。

옳다 / 맞다 / 그르다 / 틀리다

옳다

根據個人主觀標準來看時，表示「正確不出格」、「在一般人的常識中覺得合乎情理」的意思；反義詞為그르다

맞다

指符合客觀條件或客觀標準，或是準確無誤的意思；反義詞為틀리다

「옳다」、「맞다」、「그르다」、「틀리다」都具有評價或判斷某個事實、情況或人的行為之意義，但存在著些微的差異。

1. 옳다 / 그르다

「옳다」是指根據個人主觀標準來看時，「正確不出格」、「在一般人的常識中覺得合乎情理」的意思。與其意思相反的詞是「그르다」，通常會作「옳고 그름을 판단하다（判斷是非）」的形式使用，幾乎不會單獨使用「그르다」。意思相近的「바르다」則是指以「社會規範、天氣預報或試題正確答案」等「客觀標準」為根據進行判斷時，「符合標準，沒有偏差」的意思。所以我們可以說「예의가 바르다（禮儀端正）」，但不能說「예의가 옳다」。另外「바르다」的反義通常會用「바르지 않다（不端正）」或「틀리다（錯誤）」來表示。

나는 이제 뭐가 옳고 그른지 모르겠어.

我現在已經不知道什麼是對，什麼是錯了。

하나를 보면 열을 안다고 했어. 예의가 바르지 않은 사람은 평소 생활 태도도 바르지 못할 가능성이 커.

俗話說聞一知十，沒禮貌的人很有可能連平時的生活態度也不端正。

자세를 바르게 유지해야 몸의 균형이 맞습니다.

要保持正確的姿勢，才能維持身體的平衡。

돈을 모으는 것도 중요하지만 바르게 (옳게 X) 사용하는 것이 더 중요합니다.

存錢固然重要，但正確地用錢更加重要。

치킨은 언제나 옳아.

炸雞永遠是對的。

옳은 일을 하면 죽어서도 옳은 귀신이 된다는 말이 있듯이, 자신에게 부끄럽지 않은 사람이 되어야겠어요.

俗話說做對的事，死後也會變成對的鬼，所以要做一個無愧於自己的人。

2.맞다 / 틀리다

「맞다」是指符合客觀條件或客觀標準，或是準確無誤的意思。當判斷問題的答案或主張符合事實時，也可以用「맞히다」表示，反義詞是「틀리다」。「틀리다」是指不符合既定標準、事實、條件等，或是不正確，具有「計算結果不正確」、「事情沒有按照期望的方向完成」等含義。

通常用於與預期結果或正確答案不同時。「맞다」的另一種用法，是指某個物體在尺寸、大小等方面正好適合另一個物體的意思。在這種情況下，「맞다」可以和「꼭（正好）、정확히（準確地）」等副詞一起使用。

例

민수 씨의 주장이 맞다면, 정확한 근거를 제시하세요.

如果民秀你的主張是正確的，請提出確切的根據。

시간이 지나고 보니, 예전에 부모님이 말씀하셨던 게 맞았어.

隨著時間流逝，我發現以前父母說的話是對的。

저는 수학 문제를 푸는 게 정말 재미있어요. 맞고 틀린 게 늘 명료하잖아요.

我覺得解數學題目真的很有趣，因為對錯總是很明確。

어떤 내용이 맞다, 틀리다 말하는 것이 기밀 누설이라서 일일이 다 확인 드리기 어렵습니다.

由於說某個內容是對的或錯的也算洩露機密，所以我很難為你一一確認。

네 번째 줄에 오타가 있기 때문에 이 문장은 틀린 것이다.

因為第四行有錯別字，所以這個句子是錯的。

마음에 드는 옷을 골랐는데 나한테 맞는 치수가 없어서 못 샀어.

我選了一件喜歡的衣服，卻因為沒有適合我的尺寸而不能買。

남자 친구와 커플링을 맞췄는데, 오늘 끼워보니 딱 맞는 거 있지!

我跟男朋友配了一對情侶戒指，今天戴上後發現正好合適！

준수는 시험이 끝나자마자 자기가 써 낸 답이 맞는지 답안과 해설을 찾아 보았다.

考試一結束，俊秀就去找解答確認自己寫的答案是否正確。

練習一下！

請選出正確單字，並完成內容。

옳다　　그르다　　　맞다　　　틀리다　　바르다

---

1. 이론적인 측면에서 , 그 결론은 _____ .

2. 자동차 운전 시 , 신호를 무시하는 것은 _____ 지 못한 행동입니다 .

3. 길을 잘못 찾아갔다면 , 우리는 _____ 방향으로 가고 있습니다 .

4. 수학 시험에서 모든 문제에 정확한 답을 제시했다면 , 그 학생은 _____ 답안을 작성했다고 할 수 있습니다 .

5. 과거에는 그 주장이 맞았지만 , 지금은 _____ 것으로 밝혀졌습니다 .

6. 결과를 분석한 후 , 우리는 그 실험의 결과가 _____ 것으로 결론 내렸습니다 .

7. _____ 그름을 판단할 수 없다면 , 시간을 두고 그 판단을 유보하는 게 좋겠지요 ?

8. 제시된 보고서는 다양한 자료와 증거를 통해 사실이 _____ 것으로 입증되었습니다 .

1. **틀렸다**
   中譯｜從理論上來說，那個結論是錯的。
   解說｜意思是從理論上來看，該結論是不正確的，並非正確答案，所以要用「틀렸다」。

2. **옳**
   中譯｜開車時無視交通號誌是不對的行為。
   解說｜當用來表示公道、符合規則、為大家所接受等意思時，要用「옳다」。遵守交通號誌是「符合規則的行為」，所以要用「옳다」。

3. **틀린**
   中譯｜如果走錯了路，就表示我們正往錯誤的方向前進。
   解說｜不是走對路，就是走錯路，情況必定是兩者之一。所以任何不是正確路線的其他路線，都是「틀린」路線。

4. **맞는**
   中譯｜如果在數學測驗中正確回答所有題目，就可以說該學生寫出了正確答案。
   解說｜試題或謎題的答案要用「맞다」、「틀리다」來表示。

5. **틀린**
   中譯｜那個主張在過去是對的，但現在已經證明了它是錯的。
   解說｜「맞다」的反義詞是「틀리다」。

6. **틀린**
   中譯｜經過結果分析後，我們得出實驗結果錯誤的結論。
   解說｜實驗結果的判斷並不是看它是否公正、是否符合規則，文中在衡量實驗結果的準確性時發現不符合相應標準，所以要用「틀린」表示。

7. **옳고**
   中譯｜如果無法判斷是非，暫時維持目前的判斷應該比較好吧？
   解說｜這句話要表達的內容是需要判斷某件事是否公道、公平、符合規則、為大家所接受，而且又在句中使用了「옳고 그름（是非對錯）」這個片語，所以空格處應填入「옳고」。

8. **맞는**
   中譯｜本報告已透過各種資料和證據證明內容屬實。
   解說｜如果是確切的事實，就用「사실이 맞다（符合事實）」表示，相反的情況就用「사실이 아니다（並非事實）」來表達。

곧 / 바로

곧

表示不超過、不延遲時間，經常
用於對未來的預測

바로

表示「不留時間間隔、儘快地」、
「做兩件事情時，中間不去做其
他事情」

1. 곧

1) 表示「不超過、不延遲時間」，意思接近於英文的「immediately」，可與「머지 않아 (不久)」替換使用，經常用於對未來的預測。

그 소문은 헛소문이니까 곧 (머지 않아 O) 사라질 거야 .

那個傳聞是謠言，很快（不久）就會消失了。

열차가 곧 도착합니다 .

火車很快就會到了。

2) 表示「用別的話來解釋前面所說的內容」，可與「즉」替換使用。

민주주의의 근본은 곧 (즉 O) 인간 존중입니다 .

民主主義的基礎就是（即）尊重人權。

3) 不適合用於命令句和共動句。

퇴근 후 곧 친구를 만나세요 . (X)

2. 바로

1) 表示「不留時間間隔、儘快地」、「做兩件事情時，中間不去做其他事情」的意思，可替換成「곧장」和「곧바로」。

어린이 여러분, 학교 마치면 바로 (곧바로 O) 집으로 가세요 .

各位小朋友，放學後請直接（馬上）回家。

2) 表示「某物朝固定方向伸直」的意思。

그 우산 좀 바로 세워 놓으세요.

請將那把雨傘直立起來。

3) 非常靠近。

우리 학교 정문 바로 앞에 맛있는 이탈리아 식당이 있어요.

我們學校正門前就有一家好吃的義大利餐廳。

4) 沒有別的、並非什麼別的東西。

내 인생의 주인공은 바로 나.

我人生的主角就是我。

5) 可以用於命令句和共動句。

외근 후에 바로 (곧장 O) 집으로 가세요.

外勤後請直接回家。

練習一下！

請選出正確的選項。

1. (곧 / 바로) 다가올 겨울을 대비해서 전기 장판을 샀어요 .

2. 우체국 업무 마치면 다른 곳 가지 말고 (곧 / 바로) 회사로 들어 오세요 .

3. 우리는 수업이 끝나고 (곧 / 바로) 점심을 먹으러 갔어요 .

4. 지금 (곧 / 바로) 가겠습니다 .

5. 도착하면 (곧 / 바로) 전화해 !

6. 동생이 오늘 하루종일 피곤했는지 눕자마자 (곧 / 바로) 코를 골기 시작했다 .

7. 위기가 (곧 / 바로) 기회라고 생각하고 다시 힘냅시다 .

8. 조금만 더 기다려 보자 . 어머니께서 (곧 / 바로) 오실 거야 .

1. **곧**
   中譯｜我買了電熱毯為即將到來的冬天做準備。
   解說｜此處指的是不久、近期內的意思，所以要用「곧」。

2. **바로**
   中譯｜辦完郵局的業務後，不要去別的地方，請馬上回公司。
   解說｜命令句和共動句中適合用「바로」。

3. **바로**
   中譯｜我們下課後就直接去吃午餐了。
   解說｜意思是下課後沒有做其他事情，就直接去吃午餐了，所以要用「바로」。此處不能替換成「머지 않아（不久）」，所以也不能用「곧」。

4. **곧或바로**
   中譯｜我現在馬上去。
   解說｜這句話可以作「很快就過去」的意思，也能作「不做其他事，立刻過去」的意思，因此兩者皆能使用。

5. **바로**
   中譯｜到達後馬上打電話給我！
   解說｜命令句和共動句適合用「바로」。

6. **바로**
   中譯｜可能是今天累了一天，弟弟／妹妹一躺下就立刻開始打呼了。
   解說｜「V- 자마자」指的是在某件事發生後立刻做另一個動作或發生另一種現象，所以這裡要用「바로」。

7. **곧**
   中譯｜將危機視為轉機，重新加油吧。
   解說｜題目是表示「危機等於轉機」的意思，所以要用「곧」。

8. **곧**
   中譯｜再等一下吧，媽媽很快就會來了。
   解說｜這句話是在預測媽媽「不久」後就會來，所以要用「곧」。

드디어 / 마침내

드디어

經歷各種難關或漫長的煎熬等待
後，因某種原因而導致該結果

마침내

表示「到了最後、結果、終於」
的意思

「드디어」是「經歷各種難關、經過漫長的煎熬等待後，因某種原因而導致該結果」的意思，而「마침내」是「到了最後、結果、終於」的意思。這兩個詞彙的決定性差異在於是否涉及「人的意志」。期待和盼望的事情得以實現的情況，是「드디어」；與期望無關，在某個事件或事情的最後部分完成的情況，是「마침내」。

내가 학수고대하던 일이 드디어 이루어졌다.

我翹首以盼的事情終於實現了。

드디어 나의 꿈을 이룰 수 있게 되었다.

我的夢想終於得以實現。

오랜 토론과 연구가 헛되지 않았어요! 우리가 드디어 이 문제를 해결했어요!

長時間的討論和研究沒有白費！我們終於解決了這個問題！

야호! 드디어 여름방학이 시작되었다!

耶！終於開始放暑假了！

뼈를 깎는 노력과 팬들의 응원으로 무관의 설움을 덜어내고 우리 팀이 드디어 우승을 차지했다.

歷經刻苦的努力和球迷的支持緩解無冕的悲傷後，我們隊終於獲得了冠軍。

지루한 장마가 마침내 끝났어요.

煩人的梅雨季總算結束了。

상처가 마침내 곪아 터졌어요.

傷口最終還是化膿破裂了。

용의자는 마침내 형사에게 입을 열었습니다.

嫌疑人終於向刑警開口了。

練習一下！

請寫出正確的內容。（一題可能有兩個以上的答案）

1. 오늘 _____ 내가 기다리던 소식을 들었다 .

2. _____ 꿈에 그리던 사람을 만났어요 . 아직도 믿기지 않아요 .

3. 올해 초에 _____ 제가 성사시키기 위해 그토록 노력했던 일이 이루어졌습니다 .

4. 회사를 그만두고 나니 _____ 여행을 떠날 수 있게 되었어요 .

5. 코로나 19 때문에 만나지 못했던 가족들을 3 년만에 _____ 만났어요 . 엄마 아빠를 보자마자 눈물이 쏟아져 나왔어요 .

6. _____ 기회가 찾아왔다 .

7. 오래 기다린 소식이 _____ 도착했다 .

8. 어려운 문제를 해결할 수 있는 방법을 _____ 찾았다 .

9. 3 개월 넘게 찾던 책을 _____ 구매했어요 ! 좋아하는 작가의 친필 사인이 있어서 더 좋아요 !

解答

1. **드디어**

   中譯｜今天終於聽到我一直期待的消息了。

   解說｜期待已久的事、殷殷期盼的事要用「드디어」表達。

2. **드디어或마침내**

   中譯｜終於遇到了夢寐以求的人，我到現在還不敢相信。

   解說｜如果是終於見到夢寐以求一直想見的人，就用「드디어」；如果單純是隨著時間流逝自然而然遇見的人，就用「마침내」。

3. **드디어**

   中譯｜今年年初，我努力促成的事情終於實現了。

   解說｜由於是包含「努力」和「意志」的事情獲得成功，所以要用「드디어」。

4. **마침내或드디어**

   中譯｜辭掉公司的工作後，終於能夠去旅行了。

   解說｜如果是在完成辭職的行為之後，隨著時間流逝自然而然地可以去旅行，就用「마침내」；如果是「期待一辭職就要去旅行，懷著殷切期盼的心情」，就用「드디어」。

5. **드디어**

   中譯｜時隔三年我終於見到了因新冠肺炎而無法見面的家人，一看到爸爸媽媽，我的眼淚便奪眶而出。

   解說｜由於是長時間沒辦法見到家人，一直殷切期待著能見面的那一天，所以要用「드디어」。

6. **마침내**

   中譯｜機會終於來了。

   解說｜機會並不是我追求就能抓到的，而是在我準備好時從某處得到的，所以不能視為因我的干預而實現的事物，因此應使用「마침내」。

7. **마침내或드디어**

   中譯｜等待已久的消息終於到了。

   解說｜如果只是單純因為消息傳到我這裡花了很長的時間而等待很久，就用「마침내」；如果是「殷切地等待」那個消息，就用「드디어」。

8. **드디어**

中譯│終於找到能夠解決難題的方法了。

解說│由於為了找到解決問題的方法經歷了一番努力,所以要用「드디어」。

9. **드디어**

中譯│終於買到找了三個多月的書了!因為有我喜歡的作家的親筆簽名,所以更好!

解說│找一本書找了三個多月,意味著為了找到想要的書而千方百計地努力,所以要用「드디어」。

오직 / 단지 / 다만

오직
在各種事物中不會有其他的東西，感覺只有一種方法

단지
只有這個，沒有其他的。比起強調，更常作限制、劃界線的意義使用

다만
主要用於冷清或淒涼的情況、死心的情況、達到一定極限的情況

1. 오직

在各種事物中不會有其他的東西，感覺只有一種方法。雖然和「단지」相似，但有一種更迫切的感覺，主要用於肯定和強調的語境中。

오직 너만을 사랑해.

我只愛你一個。

민수는 일 년 동안 오직 공무원 시험 준비에만 몰두했습니다.

民秀一年來只顧著埋頭準備公務員考試。

그 사람들이 부지런히 일하는 것은 오직 먹고살기 위해서예요. 다른 이유는 없어요.

那些人辛勤工作只為了糊口，沒有別的理由。

2. 단지(但只)

表示只有這個，沒有其他的。比起強調，更常作限制、劃界線的意義使用。

1) 雖然與「오직」相似，但適用於沒那麼迫切的情況。

수민이의 지갑에는 단지 동전 몇 개만 들어 있을 뿐이었다.

秀敏的錢包裡只有幾個銅板。

우리는 단지 집이 가깝다는 이유 하나만으로 친구가 되었습니다.

我們只是因為住得近就成為了朋友。

2) 用於句子開頭，表示接受前面的說法，要額外補充例外事項或條件。

때가 되면 솔직히 털어놓을 작정이었어. 단지 아직은 적당한 때가 아니어서 가만히 있었던 거야.

我打算時候到了就要坦白，只是現在還不是適當的時機，所以我才不動聲色。

3. 다만

1) 與「하지만」、「그러나」、「단지」、「그저」等詞彙相近。主要用於冷清或淒涼、死心、達到一定極限的情況。另外，表示受限的情況時，多用於表達有點模稜兩可或帶有些許遺憾的感覺。

은우는 다만 고개를 저을 뿐 아무 말이 없었다.

恩宇只是搖了搖頭，什麼話也沒說。

병사들은 다만 그 지역에서 살아남기 위해 필사적으로 싸우고 있었다.

士兵們拼命戰鬥，只為了在那個地區活下去。

2) 作為限定詞，在接受前面的說法，要額外補充例外事項或條件時，用於句子開頭。

헛기침 소리 이외에는 아무의 입에서도 말이 없다. 다만, 몸들의 움직임이 있을 뿐이다.

除了乾咳聲之外，沒有任何人開口說話，只有身體動來動去的。

그저是用於失落或死心的情況、無法再積極應對或處理的無力狀況。

선호 씨는 그저 웃기만 할 뿐, 아무 말이 없었다.

善浩只是笑了笑，什麼話也沒說。

주원 씨는 아무 것도 하기 싫어서 사장님이 묻는 말에 그저 " 예, 예." 하며 대답했습니다.

周元什麼事也不想做，所以對於老闆的問話也只是回答：「是、是。」

請寫出正確的內容。

1. 나는 _____ 한계에 도달해서 더 이상 나아갈 수 없었다 .

2. 그 여행은 _____ 하루밖에 안 했지만 , 오랜 기억으로 남았어 .

3. 수민이는 _____ 몇 마디 말로도 내 기분을 알아채는 내 소중한 친구야 .

4. 이제 내가 믿을 것은 _____ 내 실력 뿐이야 .

5. 성훈이는 앞도 뒤도 없이 _____ 순간순간에 자기 전부를 내던 졌어요 .

6. 적막이 가득한 밤길에는 _____ 간혹 들려오는 바람 소리만이 지나갈 뿐이었다 .

7. 노병은 죽지 않는다 . _____ 사라질 뿐이다 .

8. 이 선생님은 _____ 학생들을 올바른 길로 인도하는 일에만 몰 두하시는 진정한 스승이셨어요 .

9. 그 당시 내가 살던 마을에 병원이라곤 _____ 서양에서 온 선교 사가 차린 병원 하나밖에 없었다 .

解答

1. **다만**
   中譯｜我只是到達了極限，無法再繼續前進。
   解說｜這句話是指在達到一定極限的情況下產生死心的念頭，所以適合用「다만」。

2. **단지**
   中譯｜那場旅行雖然只有一天，卻留下了長久的記憶。
   解說｜只有這個，沒有其他的，由於是單純表示「只有那一個」的意思，所以要用「단지」。「오직」是用於感覺更迫切的情況，與「오랜 기억으로 남았다（留下長久的記憶）」的內容不符。

3. **단지**
   中譯｜秀敏是我珍貴的朋友，只需要幾句話就能瞭解我的心情。
   解說｜由於沒有迫切的感覺，所以不能用「오직」；因為不是「凄涼或死心的情況」，所以也不能用「다만」。只適合用帶有限制意義的「단지」，意思是「只有那一個，沒有其他的」。

4. **오직**
   中譯｜現在我唯一能相信的只有自己的實力。
   解說｜意思是我能依靠的只有自己的實力，從這句話中可以感受到最後的迫切感，所以要用「오직」。

5. **오직**
   中譯｜成勳沒頭沒腦的，只會在瞬間豁出自己的一切。
   解說｜「자기 전부를 내던지다（豁出自己的一切）」給人一種除此之外別無他法的迫切感，所以要用「오직」。

6. **다만**
   中譯｜在寂靜無聲的夜路上，只有偶爾傳來的風聲掠過。
   解說｜由於這句話是在表達寂靜夜路上的孤寂感，所以適合用「다만」。「오직」表達的是殷切急迫的感覺，所以不適合用於此處。

7. **다만**
   中譯｜老兵不死，只是凋零。
   解說｜這句話要表達的不是迫切感，而是蘊含著即使上了年紀，軍人永遠是軍人的悲壯感和堅決，以及退役後的孤寂感等情緒，所以應該使用「다만」，不適合用「오직」和「단지」。此外，由於這句話已經被當作「固定片語

（慣用語）」，所以不能用「오직」或「단지」等其他詞彙替代。

8. **오직**

中譯｜這位老師是一位真正的老師，他只專注於引導學生走上正確的道路。

解說｜這句話指的是引導學生走上正確的道路是老師的使命，由於需要表達只專注於那件事的意思，所以要用「오직」。而且由於是肯定和強調的語境，所以要用「오직」。

9. **오직**

中譯｜當時我居住的小鎮只有一間醫院，是來自西方的傳教士開辦的醫院。

解說｜「N 밖에 없었다」的說法是在強調「N 만 있었다（只有 N）」的意思，所以應該使用適用於肯定、強調的語境的「오직」一詞，來表達「只有那個」的意思。由於「醫院」給人的感覺不僅是「中等程度」的迫切感，而是「強烈的迫切感」，所以不適合用「단지」。另外，由於這句話並沒有給人淒涼感或死心的感覺，所以不能用「다만」。

먼저 / 일단 / 첫째 / 우선

먼저

在時間上或順序上領先

일단

首先、暫且的意思。給人臨時、匆忙、暫時的感覺

첫째

按照一、二、三、四的順序提及兩件以上的事情時，用來表示排在最前面的順序或位置

우선

在做某事之前、必須比其他事情優先處理。但和일단不同，沒有臨時、匆忙的感覺

1. 먼저

表示在時間上或順序上領先時，反義詞是 나중（以後）。在提及從時間順序上來看，什麼事情在先、什麼事情在後的事件「先後關係」時，要用「먼저」來表示「前面的事情」。

먼저, 회의에 참석한 다음에 신청서를 작성해 주세요.

首先請參加會議，然後填寫申請書。

먼저, 공지를 올리고 참가자들에게 안내 메일을 보내야 합니다.

首先，必須發布公告，然後寄通知郵件給參加者。

먼저, 기본 사항을 확인한 다음에 세부 계획을 수립해야 합니다.

首先，必須確認基本事項，然後再制定詳細計畫。

2. 일단

表示首先、暫且的意思。在需要一次處理各種事情的情況下，用來表示要在處理其他事情前先做好這件事才能進行下一件事，給人一種「臨時、匆忙、暫時」的感覺。

일단 여기에 놓아주세요. 추후에 필요하면 다시 돌려드리겠습니다.

請先放在這裡。之後有需要的話，我會再還給你。

일단 이 문제를 해결한 다음에 다음 단계로 넘어갈 수 있을 것입니다.

先解決這個問題之後，應該就能進入下個階段了。

일단 마감 시간에 맞춰서 일을 끝내고 나중에 추가 수정할 수 있습니다.

總之先配合截止日期完成工作，之後可以再追加修改。

3. 첫째

按照一、二、三、四的順序提及兩件以上的事情時，用來表示排在最前

面的順序或位置。相關的詞有둘째（第二）、셋째（第三）、넷째（第四）、
마지막（最後）等。

해당 계약을 위해서는 <u>첫째</u>, 문서를 작성한 다음에 서명해야 합니다. 둘째, 서명
한 문서를 서로 교환해야 합니다.

關於該合約，首先，必須擬定文件內容，然後簽名。第二，必須互相交換簽署的文件。

우리는 왜 지구 환경 보호에 힘써야 할까요? <u>첫째</u>, 지구 생태계의 균형을 유지하
기 위해서입니다. 둘째, 환경을 파괴하면 생태계의 생물 다양성이 감소하고, 많은
종들이 멸종할 수 있기 때문입니다. 마지막으로, 환경을 보호하지 않으면 공기와
물의 오염, 기후 변화와 같은 심각한 문제들이 발생하여 인간의 건강과 생활에 직
접적인 영향을 미칠 수 있기 때문입니다.

我們為什麼必須致力於保護地球環境？第一，為了維持地球生態系統的平衡。第二，因為破
壞環境會減少生態系統的生物多樣性，導致許多物種滅絕。最後，因為如果不保護環境，就
會發生如空氣污染、水污染、氣候變遷等嚴重問題，直接影響人類的健康與生活。

4. 우선

在做某事之前、必須比其他事情優先處理時，可以用「우선」來表達，
反義詞是나중（以後）、후순위（後順位）。與「일단」不同，沒有「臨
時、匆忙」的感覺。

<u>우선</u> 이 문제를 해결한 다음에 다른 문제에 대해 생각해 봅시다.

先解決這個問題，然後再來考慮其他問題吧。

프로젝트의 완성을 위해서는 <u>우선</u> 팀원들과 회의를 통해 우리의 목표와 방향성을
실시간으로 서로 공유해야 합니다.

為了完成專案，首先應該與成員透過會議即時互相分享我們的目標和方向。

<u>우선</u> 중요한 이메일에 답장하고 나중에 보충이 필요한 정보를 제공하세요.

請先回覆重要的電子郵件，之後再提供需要補充的資訊。

請寫出正確的內容。（一題可能有兩個以上的答案）

1. _____ 일정을 조율한 다음에 프로젝트를 시작해야 합니다.

2. _____ 기본적인 작업을 빨리 완료한 다음에 추가적인 기능을 차차 생각해 봅시다.

3. _____ 이 문제의 원인을 파악해야 해결책을 찾을 수 있습니다.

4. _____ 상황을 파악한 다음에 조치를 취해야 합니다.

5. _____ , 회의록을 작성한 다음에 이메일로 공유해 주세요. 둘째, 회의 내용을 기반으로 향후 계획을 수립한 보고서를 제출해야 합니다.

6. _____ 신규 고객들에게 인사하고 이들에게 제품에 대한 소개를 해야 합니다.

7. _____ 이 문제를 해결하고 나면 남은 과제에 더 잘 집중할 수 있을 거예요.

8. _____ 주요 거래처에 우리의 새로운 제품을 소개하고, 거래처의 피드백을 적극적으로 수렴해야 합니다.

9. _____ 문제가 발생한 지점을 신속히 파악한 다음에 대응 계획을 세워야 합니다.

10. 이번 행사를 성공적으로 마치려면, _____ , 행사 시작 전에 예산과 자원을 할당하고 역할을 분담할 때 오차 범위를 줄이고 모든 항목을 최대한 세분화해야 합니다. 둘째, 결정된 내용을 제대로 수행하고 있는지 수시로 체크할 수 있는 창구를 만들어야 합니다.

解答

1. 먼저
中譯｜首先，必須協調行程，然後再開始推動專案。
解說｜由於要表示在時間上或順序上領先時，所以適合用「먼저」。

2. 일단
中譯｜先儘快完成基本作業，然後再慢慢地考慮追加功能。
解說｜由於是在需要同時處理各種事情的情況下，必須於處理其他事情前暫且先儘快處理某事，所以適合用「일단」。

3. 먼저
中譯｜首先必須掌握該問題的原因，才能找到解決方案。
解說｜從「V- 아 / 어 / 해야 V(으) ㄹ 수 있다（必須～才能～）」的文法來看，可以推斷這句話的意思是必須先處理在「先後關係」中排在前面的事項，因此可以用「먼저」來表達。

4. 일단
中譯｜必須先瞭解情況後再採取行動。
解說｜「조치를 취해야 하다（必須採取行動）」的說法通常會用在緊急情況，而提及在緊急情況下要最優先處理的事情時，我們會用「일단」。

5. 첫째
中譯｜第一，請撰寫會議紀錄，然後用電子郵件共享。第二，必須根據會議內容制定往後的計畫，提交一份報告。
解說｜按照順序對事情進行編號時，會用첫째（第一）、둘째（第二）、셋째（第三）等說法列舉。由於該句後面出現了「둘째」一詞，所以前面用「첫째」是最自然的說法。

6. 우선
中譯｜應該先問候新客戶，再向他們介紹產品。
解說｜意思是應該先問候、後介紹，所以要用「우선」。由於不需要表達「匆忙、臨時」的感覺，所以不會用「일단」。

7. 일단
中譯｜一旦解決了這個問題，之後就可以更專注於剩下的課題了。
解說｜要表達在需要同時處理各種事情的情況下，必須在處理其他事情前先處理好這件事，才能做下一件事情時，應該使用「일단」。

8. **우선或먼저**
   中譯｜首先，要向主要客戶介紹我們的新產品，並積極收集客戶的意見回饋。
   解說｜如果要表達在做某事之前、必須比其他事情優先處理時，可以用「우선」；
   如果想表達提供資訊（先）和收集意見回饋（後）兩者的先後關係，可
   以用「먼저」。

9. **우선**
   中譯｜必須先迅速掌握問題出在哪裡，然後再制定應變計劃。
   解說｜「우선」也可以用於表示「為了進行下一件事，必須先完成前一件事」的
   條件，所以這句話最好用「우선」。

10. **첫째**
   中譯｜如果想要成功完成這次的活動，首先，在活動開始前，必須在分配預算、
   資源及安排工作時減少誤差範圍，並儘可能細分所有項目。其次，必須
   建立一個窗口，以便能隨時檢查是否正確執行決策內容。
   解說｜將事情依順序進行編號後，用첫째（第一）、둘째（第二）、셋째（第三）
   等說法進行列舉時，除了「첫째（第一）」和「마지막으로（最後）」之外，
   其餘數字皆以「固有數字＋째」的方式呈現（如둘째、셋째、넷째、다섯
   째等）。由於該句後面出現了「둘째」一詞，所以前面用「첫째」最為恰當。

한번 / 한 번

한번

表示「嘗試」或有過某種「經驗」

한 번

指一次、一回的意思

1. 한번

한번是「嘗試」或有過某種「經驗」的意思，用來表示「輕鬆地嘗試過」某個動作「很多次」，或是「輕鬆地嘗試某個動作」。具有削弱動詞的作用。

한번 가 본 곳이에요.

這是我去過的地方。

망설이지만 말고 한번 해 봅시다.

不要總是猶豫不決，試試看吧。

못 할 게 뭐 있어요? 한번 해 보는 거죠.

有什麼不能做的？試一下吧。

한번 드셔 보세요. 정말 맛있어요.

請嚐嚐看。真的很好吃。

2. 한 번

指一次、一回的意思。

한 번 더 시도해 보세요.

請再試一次。

說明：在這種情況下，「한 번」意味著「一次的動作或行為」。此處指的是再做一次「시도（嘗試）」這個動作。

내년에 한 번 더 이야기해 보는 건 어떠세요?

明年再講一次怎麼樣？

說明：在這種情況下，「한 번」意味著「在特定時間或時刻做的一次動作或行為」。此處指的是在「내년（明年）」這個特定時間，再做一次「이야기（說話）」的動作。

總結來說，「한 번 해 본 것 같아요（好像做過一次）」是「曾經實行過一次」的意思，而「한번 해 본 것 같아요（好像曾經試過）」則是「曾經輕鬆地嘗試過」的意思。所以「한 번」強調的是動作或行為的頻率或次數；「한번」則著重於經驗或嘗試，藉由削弱動詞的動作來減輕負擔。由於會因分寫法不同而產生微妙的語感差異，因此應根據上下文選擇正確的表達方式。

請從「한 번、한번」中選出正確的內容並寫下。

1. 제가 좋아하는 작가의 신간이 나왔어요 . 이 책을 _____ 읽어 보세요 .

2. 전에 그 신발을 _____ 신어 본 적이 있어요 ? 제가 전에 신었을 때는 발이 너무 아파서 걷기가 힘들었거든요 .

3. 다음 주에 마지막으로 다시 _____ 시도해 볼게요 .

4. 이 문제 _____ 풀어 볼 사람 ?

5. 그 영화는 '베니스 영화제'에서 상도 받았고, 관객들의 평가도 좋아요 . _____ 쯤 볼 만한 가치가 있어요 .

6. 도전은 원래 처음 _____ 이 어렵지 , 두번째부터는 쉬워 .

7. 오늘은 총리허설 날이라 , 처음부터 끝까지 제대로 _____ 연습 할 거예요 .

8. 이 과정을 딱 _____ 제대로 이해하고 나면 , 나머지는 술술 풀려요 .

9. 수진 씨 , 이 과일이 정말 맛있어요 . _____ 먹어 보세요 .

10. 이 문제를 _____ 에 해결하는 대신에 여러 가지 방법을 시도해 볼 필요가 있어요 .

解答

1. **한번**
   中譯｜我喜歡的作家出新書了，請讀一下這本書。
   解說｜意思是輕鬆地嘗試閱讀這本書的行為，所以適合用「한번」。

2. **한번**
   中譯｜你以前穿過那雙鞋嗎？我之前穿的時候，腳痛到連走路都很困難。
   解說｜由於是在詢問是否有過某種「經驗」的句子，所以適合用「한번」。

3. **한 번**
   中譯｜我下星期要最後再試一次。
   解說｜由於是表示最後「一次」的次數，所以要使用中間有空格的「한 번」。

4. **한번**
   中譯｜有誰要來解一下這道題目？
   解說｜這句話是在找願意挑戰或嘗試解答問題的人，所以適合用「한번」。

5. **한 번**
   中譯｜那部電影在「威尼斯影展」中得獎，觀眾的評價也很好，值得一看。
   解說｜意思是「具有去看一次的價值」，所以要用表示次數、回數的「한 번」。

6. **한 번**
   中譯｜挑戰本來就是第一次很難，從第二次開始就容易了。
   解說｜由於是指「第一次」的意思，所以要用可在數第一、第二、第三等順序
   時用來表示「次數」的「한 번」。

7. **한 번**
   中譯｜今天是總彩排的日子，所以要從頭到尾完整地練習一次。
   解說｜意思是走一次或一輪完整的流程，所以要用表示次數的「한 번」。

8. **한 번**
   中譯｜一旦確實理解了這個過程，其餘的事便能迎刃而解。
   解說｜意思是只要徹底弄懂一次，其餘的事情就能根據相同的原理輕鬆解決，
   所以要用表示「一次」的「한 번」。

9. **한번**
   中譯｜秀珍，這個水果真的很好吃，妳嚐嚐看。
   解說｜此處是指嘗試、試著挑戰吃該水果的行為，試著實行簡單的動作，所以
   要用「한번」。

10. **한 번**
    中譯｜我們需要嘗試各種方法，而不是一次解決這個問題。
    解說｜作「단번에（一次、一下子）」的意思使用時，應該用表示「次數」的「한
    번」。

語感靠不住！從原理掌握韓語相似字：50 組字詞 X
大量例句 X 直覺式插圖，讓你精準用字不混淆 / 魯
水晶著 . -- 初版 . -- 臺北市：日月文化出版股份有限
公司 , 2023.11
312 面；16.7 x 23 公分 . -- (EZ Korea ; 46)
ISBN 978-626-7329-67-2（平裝）
1.CST: 韓語　2.CST: 讀本
803.28　　　　　　　　　　　　　　112014930

EZKorea46

語感靠不住！從原理掌握韓語相似字

50組字詞X大量例句X直覺式插圖，讓你精準用字不混淆

作　　　者：魯水晶
翻　　　譯：韓蔚笙
編　　　輯：郭怡廷
內 頁 插 畫：Dinner Illustration
封 面 設 計：Dinner Illustration
版 型 設 計：曾晏詩
內 頁 排 版：簡單瑛設
韓 文 錄 音：魯水晶
錄 音 後 製：純粹錄音後製有限公司
行 銷 企 劃：張爾芸

發 行 人：洪祺祥
副 總 經 理：洪偉傑
副 總 編 輯：曹仲堯
法 律 顧 問：建大法律事務所
財 務 顧 問：高威會計師事務所

出　　　版：日月文化出版股份有限公司
製　　　作：EZ叢書館
地　　　址：臺北市信義路三段151號8樓
電　　　話：(02) 2708-5509
傳　　　真：(02) 2708-6157
客 服 信 箱：service@heliopolis.com.tw
網　　　址：www.heliopolis.com.tw
郵 撥 帳 號：19716071日月文化出版股份有限公司

總 經 銷：聯合發行股份有限公司
電　　　話：(02) 2917-8022
傳　　　真：(02) 2915-7212
印　　　刷：中原造像股份有限公司
初　　　版：2023年11月
定　　　價：380元
I S B N：978-626-7329-67-2